Sランク冒険者である俺の娘たちは重度のファザコンでした 1

友橋かめつ

OVERLAP

CONTENTS

Illustration 希望つばめ

第一話

俺——カイゼル・クライドは冒険者だった。

十四歳で初めて冒険者ライセンスを貰《もら》った時から頭角を現し、歴代でも史上最高の速さでAランク冒険者に上り詰めた。

剣を扱えば剣聖と呼ばれ、魔法を扱えば賢者と呼ばれた。

冒険者ギルド始まって以来の神童。

それが周りからの俺の評価だった。

しかし、俺は周囲の賞賛に浮かれることはなかった。目的はあくまでSランク冒険者になることだったから。

毎日剣や魔法の稽古に明け暮れ、任務をこなした。

誰もが将来、カイゼルはSランク冒険者になると信じて疑わなかった。それは他ならぬ俺自身もそうだった。

だが——。

十七歳のある日、俺は全てを失ってしまった。

それはとあるAランク任務に赴いた時だった。

火山に生息するワイバーンを討伐する任務。

ふもとの村から火山に登った俺は、ワイバーンを無事討伐した。本来ならそこで任務達成となるはずだった。

しかし——イレギュラーが起こってしまった。

俺とワイバーンの激しい戦闘によって、火山の奥底に眠っていたエンシェントドラゴンが目を覚ましてしまったのだ。

ドラゴンは災害級の魔物——Sランク級だった。

奴《やつ》は雄叫《おたけ》びと共に火山から飛び立つと、ふもとの村の方へ飛び立った。

マズい——そう思って村に急いで戻った時には遅かった。

目に飛び込んできたのは、夥《おびただ》しい数の死だった。

村一つが丸々壊滅されていた。

建物も、人も、大地も、全てが蹂躙《じゅうりん》されていた。

あちこちから黒い煙が上がっている。

肉の焦げる死臭が鼻をついた。

脳裏にこびりついて離れなくなる濃密な焦げた臭い。

鼻腔《びこう》から入り込んだ死臭に臓腑《ぞうふ》の中のものを引きずり出されそうになる。

エンシェントドラゴンは焼け焦げた村の残骸の中、雄叫びを上げていた。

気づけば、その禍々《まがまが》しい巨軀《きょく》に向かって俺は駆け出していた。

丸一日にわたる死闘の末、エンシェントドラゴンは撤退していった。

負けることはなかったが、仕留めきることもできなかった。

追いかけるだけの気力はもう残されていなかった。

「誰か！　誰かいないのか！」

俺は誰もいなくなった村で、叫び声を上げた。

視界の至る所に人間だったものの残骸が飛び込んでくる。

黒く、炭化した死体。

村人たちは皆、死んでしまった。

俺を快く迎えてくれた村長も、夜通し酒を酌み交わした筋肉質の大工も、俺に好意を抱いてくれていた宿屋の看板娘も。

全員、焼き尽くされてしまった。

「そんなバカな……」

俺は絶望に呑《の》まれてその場に膝をついた。

全部、俺のせいだ。

ワイバーンをもっと迅速に倒すことができていれば。眠っていたエンシェントドラゴンを起こさずに済んだ。

何がAランク冒険者だ。
何が剣聖だ。何が賢者だ。何が神童だ。
守るべき人を守れなかったら、地位や名誉なんて何の意味もない。
俺はいったい何のために冒険者に——。
黒い絶望に飲まれてしまいそうになったその時だった。
「あああん」
——どこからか声が聞こえた。
死の臭いがする風に吹かれて、それは届いた。
俺ははっとして立ち上がると、その声がする方に歩き出す。
駆け出す。
縋《すが》るように声の方へと向かっていく。
その声との距離は次第に狭まっていく。
——あの瓦礫《がれき》の辺りからだ。
俺は足元に散らばる瓦礫を掻《か》き分けていく。
どうか。
どうか生きていてくれ。
そう願いながら。

指先がボロボロになるほど瓦礫を掻き分けた頃——折り重なった瓦礫の下の隙間に可愛《かわい》らしい赤ん坊の姿が覗《のぞ》いた。

それも一人じゃない。三人だ。

「「「おぎゃあ」」」

皆、顔をくしゃくしゃにしながら泣いている。

不安に、恐怖に震えながら。

甲高い声を張り上げて、泣いていた。

けれどそれは——。

この子たちが生きているという証《あかし》でもあった。

「ああ。よかった。本当によかった……」

俺は三人の赤ん坊たちを拾い上げると、ぎゅっと抱きしめた。

この子たちの不安や恐れを一身に引き受けるように。

皆、死んでしまったのだと思っていた。

だけど、守ることのできた命もあった。

「君たちは俺が責任を持って育てるから。死んでしまったこの村の人たちの分も、幸せにしてみせるから……！」

その日、俺は救えなかった村の人たちに誓った。

この子たちは俺が立派に育ててみせると。

そして、救えなかった人たちの分まで幸せにしてみせるのだと。

任務から戻った後の俺の人生は大きく変わった。

良い方向にではなく、悪い方向に。

ワイバーン討伐の任務こそ成功したが、目覚めさせたエンシェントドラゴンによって村を壊滅させたことで、俺は皆に責められた。

今までは俺のことを讃《たた》えてくれていた人たちも、手の平を返した。まるで犯罪者のような扱いを受けるようになった。

「あいつはいつか、こういうことになると思ってたんだよ！　神童とか呼ばれて、調子に乗ってやがったからな！」

「何がAランク冒険者だよ。村を一つ壊滅させておいてよ！　今すぐあいつから冒険者ライセンスを剝奪しろ！」

「まだドラゴンは討伐されてないんだろ？　あいつを生《い》け贄《にえ》にして、ドラゴンの奴をおびき寄せてやればいいんだ」

誰もが皆、俺に対して辛辣な言葉を投げかけてきた。

けれど、俺は反論する気にもなれなかった。彼らの言葉は苛烈だが、俺が村の人たちを殺したのは事実だったからだ。

そして――。

俺は冒険者稼業を引退することになった。

ギルドの受付嬢は熱心に引き留めてくれたが、引き取った赤ん坊たちの傍《そば》にいてあげたいと言って固辞した。

「そうですか……。カイゼルさんは何も悪くありません。あなたはただ、その場で最善の行動をしただけですから」

「……ありがとうございます」

慰めてくれているのだろう。

俺は頭を下げると、冒険者ギルドを後にした。

扉が閉まる。

それはSランク冒険者になる長年の夢が閉ざされた音だった。

十七歳の俺はこの日、三人の女の子の父親になった。この子たちを立派な大人に育てるために命を捧《ささ》げようと胸に誓った。

第二話

王都を追われた俺は故郷のユズハ村へと戻った。

俺が生まれ育ち、そして冒険者になるために捨て去ったはずの場所。

両親は俺が幼い頃に亡くなったのだが、実家はまだ残っていた。

村の人たちがいつか俺が帰ってきた時のためと、時々掃除してくれていた。そのおかげですんなりと生活できる状態になった。

冒険者の夢を諦めて戻った俺を、村の人たちは快く迎えてくれた。

ただ三人も赤ん坊を連れて帰ってきたことには驚いていた。村の人たちには彼女たちの事情を包み隠さずに打ち明けた。

そして十年後――。

引き取った娘たちは十歳になっていた。

「やあっ！」

銀色の髪の少女――エルザが俺に木剣を振るう。

三姉妹の長女である彼女は凛《りん》とした顔立ちをしている。

同世代の子たちに比べて高い背丈。何より、彼女の剣筋は、とても十歳児とは思えないほどの鋭さと力強さがあった。

――とはいえ、まだまだ子供だ。

俺は彼女の放った一撃を木剣で難なく受け止めた。

「えいえいっ！」

エルザは掛け声と共にドンドンと攻め込んでくる。

思い切りの良さは彼女の長所だ。

俺は踏み込んできた彼女の一撃を躱《かわ》すと、右足を彼女の足に引っかけた。するとエルザの重心がぐらりと前につんのめる。

「わわっ。わっ。わっ」

エルザは片足でぴょんぴょんとバランスを取ろうとする。

俺はその頭に向かって――ポカリ。

木剣の先端を優しく振り下ろした。

それが決め手となってエルザはべちゃりと地面にこけてしまった。お尻をこっちに突き出した不格好な体勢になる。

「いたた……」と頭を押さえている。

「勝負アリ、だな」

俺はにこりと微笑《ほほえ》みかける。

「うぅ……。さすが父上。また一発も剣を当てることができませんでした。今日こそはと張り切っていたのに……」

「まだ愛娘《まなむすめ》に一撃を貰《もら》うわけにはいかないからな」

いくら冒険者を引退したと言っても、未《いま》だに鍛錬は欠かしていない。

十歳の娘に一撃を貰うには早すぎる。

「けど、エルザも中々良い線いってたぞ。前よりも剣筋が良くなった。この調子なら凄《すご》い剣士になれるかもしれない」

「私もパパ……いえ。父上のような剣士になれますか？」

「ああ。きっとな」

俺はエルザの銀色の髪を優しく撫《な》でた。

「それと、呼び名は別にムリに固くしなくてもいいんだぞ。素直にパパって呼んでくれていいんだからな？」

「――っ！」

エルザの頰にさっと朱が差した。

服の裾をぎゅっと握りしめながら強がるように言う。

「……そ、それはできません。私は剣士ですから。軟弱なものとは距離を置いて剣の練習を頑張らないとっ。一流の剣士にはなれません」

「パパって呼び方は軟弱なのか？」

「はい。パパという呼び方をしたり、デザートを食べたりするのは軟弱です。剣士は常にすといっくでいなければ！」

エルザの中には自分なりの理想の剣士像があるようだ。たぶん、家にある剣士の英雄譚《たん》を読んで影響されたのだろう。

「そうか。残念だなあ。今日のおやつはアップルパイなんだけどなあ。軟弱なものがダメなら食べられないな？」

「——ぱ、パイ!?」

エルザははっとしたように目を輝かせた。物欲しそうな表情になると、両手の人差し指をつんつんと合わせながら呟《つぶや》いた。

「……今日の私は、ちょっぴり軟弱になります」

自分に甘いエルザだった。

俺は苦笑すると、エルザの手を引いて歩き出す。

彼女の小さな手の平には、剣を振ったことによるマメがあった。

彼女——エルザは三姉妹の中で剣に興味を持った子だった。

俺が家の庭で素振りをしている光景を見て、キラキラと目を輝かせていた。剣を振ってみせると、キャッキャと手を叩《たた》きながら喜んでいた。

夜泣きした時も、木剣を与えるとおとなしくなった。

赤ん坊だった頃も、十歳児になった今も、エルザは寝る時には必ず俺の使っている木剣を抱きしめながら眠りについていた。

そうしていると、心が落ち着くらしかった。

「私も大きくなったら父上のような冒険者になりたいです」

エルザは鼻息を荒くしながら、俺にそう宣言した。

娘たちは俺が冒険者をしていたことを知っていた。

村の人たちが話したのだ。

カイゼルは村一番の剣の使い手で、冒険者になった後も史上最年少でAランク冒険者になった天才だったのだと。

少々、脚色しすぎなところはあるが……。

それを聞いたエルザは冒険者に憧れの念を抱いた。

俺としては複雑な気持ちだった。

親としては娘を危険な冒険者にはしたくない。

エルザの身にもしものことがあったら――。

「……いや、これは親のエゴだな」

俺は首を横に振ると、思考を頭から振り払った。

エルザの人生を決めるのは俺じゃない。エルザ自身だ。

彼女が剣士に、冒険者になりたいのなら止める理由はない。それは親の勝手な都合を押しつけるだけにしかならない。

だとすれば――。

せめて少しでも強くなれるよう、剣の指導をしてあげよう。剣士として、自分や大切な人を守れる力を付けるために。

それが俺が親としてエルザにしてあげられることだ。

第三話

エルザと共に家に戻る途中だった。

向かいの道から作業着姿の男が走ってくるのが見えた。

「うわあああっ！」

青ざめた表情。

悲鳴を上げ、息を荒げ、何かから逃げているようだ。

――カムルの奴《やつ》、どうしたんだ？　あんなに怯《おび》えた顔をして……。もしかして村に魔物でも現れて追われてるのか？

警戒した俺だったが、カムルを追いかけるように走ってきたのは、魔物ではなく三姉妹の次女であるアンナだった。

三つ編みにした髪を左の肩口から垂らしている。

彼女を見た十人中十人が『可愛《かわい》らしいけど、気が強そうだなあ』と思ってしまうようなしっかり者の顔立ちをしていた。

三十代の作業員が、十歳の女の子から必死に逃げている。

まるで魔物に追われているかのように。

その光景は何だか妙に滑稽だった。

「パパ！　カムルさんを捕まえて！」

「え？　あ、ああ」

俺は娘の要望を受けて、作業員――カムルの前に立ちふさがった。

「そ、そこをどいてくれ！　カイゼル！」

「そうはいかない。娘からのお願いだからな。――すまないが観念して貰うぞ！」

俺はカムルにタックルをかまして、道路へと倒れ込む。

「――ぐはあっ！」

「パパ、ナイス！」

アンナはぱちんと指を鳴らすと、とてとてと俺の元に駆け寄ってくる。

「カムルはどうして逃げてたんだ？」

「どうしたもこうしたもないわよ。この人、仕事中だっていうのにこっそりお酒を飲んでサボってたから。こってり絞ってやろうと思って」

「仕方ねえだろ！　たまには息抜きしてえんだよ！」

「息抜きは勤務時間外にしなさいよ。そのために炭鉱の作業時間を週五日朝八時から夕方五時に設定してるんだから」

「俺たちは気が向いた時に仕事をして、気が向いた時に帰りたいんだよ！　規則正しいのは性に合わないんだよ！」

「それだと効率が悪くなるでしょうが。働く時はきっちり働く。休む時は休む。メリハリをつけるのが大事なの」

アンナは腰に手をあてがい、カムルを見下ろしながら言う。

「もっとも——あなたがパパ並みに働けるっていうのなら、週二日、三時間労働でも今と同じ利益を生み出せるけど？」

「無茶言うな！　カイゼルは一人で、優に作業員百人分の馬力はあるんだぞ！」

「でしょう？　パパくらいの力があって、初めて泣き言が通るの。あなたは週五日四十時間きっちり働かないと」

「が、ガキが俺たちの仕事に口を出すんじゃねえ！」

「ふーん。ガキがあなたたちの仕事に口を出すようになってから、炭鉱の利益が過去最高を記録したんだけど？」

「ぐっ……！」

「別にいいけどね。現場監督を降りても。元々頼まれ仕事だったし。まあ、親方とあなたの奥さんには報告させて貰うけど」

「そ、それは勘弁してくれええっ！」

カムルは慌てたように叫んだ。

「親方も嫁さんもアンナのことを信頼しきってるんだ！　チクられたら、職場でも家庭内でも俺の立場がなくなっちまう！」

カムルは地べたに膝をつきながら、アンナの足にしがみついて懇願する。

三十代の男が十歳の女の子に許しを請う。

それは凄い絵面だった。

「じゃあ、つべこべ言わずに働く。分かった？」

「は、はい……」

「よろしい。分かったら、さっさと現場に戻った戻った。早くしないと、貴重なお昼休みの時間がなくなっちゃうわよ？」

「く、くそう！　労働なんて」

カムルはそう吐き捨てると、炭鉱の方へと駆けていった。

その後ろ姿を見送りながら、アンナは深いため息をついた。

「はあ……。大人って、皆パパみたいにしっかりしてると思ったけど。実際は大人の皮を被《かぶ》った子供ばかりね。ちょっと甘やかすとゴネる、サボる、言い訳をする。油断も隙もあったもんじゃないわ」

それは十歳とは思えないほど達観した口調だった。

そこらの大人より、よっぽど落ち着いている。

「毎日、大変そうだな。炭鉱の現場監督に、この前の台風で出た村の被害の修繕。最近は酒場の経営にも携わってるんだって？」

次女のアンナは経営や人を動かすことに長《た》けていた。

彼女が携わることによって利益を倍増させた事業は数知れず、揉《も》め事《ごと》があっても彼女が仲裁に入れば途端にすんなり収まった。

またアンナは年上の人たちによく好かれた。

炭鉱の親方であったり、村長であったり、酒場のマスターであったり。年上の懐に入るのがずば抜けて上手《うま》かった。

エルザとはまた別の方面で将来有望だ。

「向こうから頼まれたから手伝ってるの。色々と経験しておけば、将来、ギルドに入った時に役立ちそうだし」

「アンナはギルドマスターになるのが夢だったたな」

「エルザが冒険者になりたいって言うから。この子、剣の腕以外はからっきしだし。私がマネージメントしてあげるの」

「わ、私は剣以外のこともちゃんとできますよ！」とエルザが反論した。

「へー。じゃあ、家計のこととかをちゃんと把握してる？　一ヶ月にいくらあれば生活ができるとか分かる？」

「…………」

エルザの目が点になっていた。

ぷしゅーとオーバーヒートしてしまったようだ。

「す、数字はあまり得意ではないので」

「ほらね」

アンナは勝ち誇ったようにふふんと微笑《ほほえ》んだ。

「それにパパと同じ冒険者の人たちを支えたいって気持ちもあるし。ギルドマスターの職が一番いいかなって」

俺は知っていた。

アンナはギルドマスターになるという目標を叶《かな》えるために、〇〇歳までにはこうするという夢ノートを作っている。

一年一年、細かく目標設定をしているのだ。

それを日ごとにまで落とし込んでいる。

そこまでしているのだ。きっと、アンナの夢は叶うに違いない。

「パパとエルザは今から家に帰るの？」

「ああ。アップルパイを焼くんだ」

「アップルパイ！　それってパパのお手製？」

「もちろん。腕によりをかけて作るぞ」

「最高ね！　私もいっしょに行くわ！」

「仕事はいいのか?」

「パパのアップルパイよりも優先する仕事なんて、何もないもの」

アンナは歌うように言うと、俺の腕に自分の腕を絡めてきた。

さっきの大人っぽさは鳴りを潜め、存分に甘えてくる。……こういうところはまだまだ十歳の純真無垢《むく》な子供だ。

俺はエルザとアンナを連れて家へと向かった。

第四話

自宅へと戻ってきた。

茅葺《かやぶ》き屋根の一軒家。木の柵に囲まれた小さな畑が傍《そば》にある。実った黄金色の小麦が風に吹かれて波を立てていた。

玄関の扉を開けて家の中に入る。

居間は静まり返っていた。

「父上。メリルの姿が見当たりませんね」

「おかしいな。俺たちが剣の稽古に行く時には寝室にいたけど。……まさか、まだ寝てるんじゃないだろうな？」

確認のために寝室を覗《のぞ》いてみる。

思わず俺は頭を抱えてしまいそうになった。

――いた。

布団が今朝見た時のまま、こんもりと膨らんでいる。

悪い予感は当たってしまった。

カメのようにぴょこりと布団から顔を覗かせているメリルは、「すやすやぁ……」と安らかな寝息を立てていた。

「……おいおい。もうお昼を回ってるんだぞ？」

いくら何でも寝すぎだ。

「ほんと、あの子はぐうたらなんだから」

アンナは額に手を当てて呆《あき》れた表情を浮かべていた。

しっかり者のアンナからすると、昼過ぎまで寝ているメリルのぐうたら加減は、目に余るものがあるのだろう。

「おい、メリル。いい加減起きろ。もう昼だぞ」

俺は布団に包まれたメリルの身体《からだ》を揺する。

「んにゃー。ボクちゃん、まだ寝てたいー」

「ダメだ。起きなさい」

「むー……。じゃあ、分かった。どうしても起きて欲しいのなら、パパ、ボクのほっぺたにチューしてよ」

「おいおい。何言ってるんだ？」

「お姫様は王子様のキスで目覚めるものだから♪」

「何言ってるんだ？」

改めてもう一度口に出してしまった。

「メリル。あなたはお姫様ではありません。私の妹です。パパ……父上を困らせるような真似《まね》は慎んでくださいっ」

「もー。エルザは相変わらずお堅いなー。いいじゃん、別にー。パパー、早くボクちゃんのほっぺにチューして♪」

「それで起きてくれるのか？」

「起きちゃう起きちゃう。すぐに起きちゃう」

「……全く。仕方ないな」

俺はメリルの枕元にしゃがみ込むと、メリルが差し出してきたほっぺたに、そっと軽い口づけをしてあげた。

「これで約束通り、起きてくれるな？」

「うん♪　パパのチュー、上手だね♪」

「……そりゃどうも」

娘に口づけが上手いと言われても……。苦笑いを浮かべるしかない。

メリルはニコニコしながら、布団から上半身を起こした。

くりくりとした可愛《かわい》らしい目。通った鼻筋。桜色の唇。末っ子のメリルは、三姉妹の中で一番女の子らしい女の子だった。

そして、超がつくほどの甘えん坊でもあった。

ことあるごとにくっついてくるし、ご飯を食べる時は必ずと言っていいほど「あーん♪」と食べさせて貰《もら》おうとする。

メリルは傍にいたエルザの顔を見ると言った。

「ねえ、エルザもチューして貰ったら？」

「――っ!?」

エルザは透明感のある頬を、真っ赤に染めた。

「ば、バカなことを言わないでください！　ち、チューなどという軟弱なもの……剣士の私には不要です！」

「またまたー。照れちゃってー。エルザは甘えベタだなあ」

メリルはそう言うと、俺に向かって両手を広げてきた。上目遣いになると、生クリームのような甘い声色を作る。

「パパー。パジャマからお着替えさせてー♪」

「メリルは俺に甘えすぎだ」

「だって、ボクはパパのこと大好きだもーん♪」

思わず苦笑を浮かべてしまう。

もっとも――毎回甘やかしてしまう俺にも原因があるのだが。

十歳にもなる娘のパジャマを毎回着替えさせる姿を見られてしまえば、親バカのそしりを受けるのは避けられないだろう。

でも、可愛いのだから仕方ない。

メリルに限らず。エルザもアンナも同じくらいにだ。

「それよりメリル。学校はどうしたのよ。今日、授業でしょ?」

アンナが腕組みをしながら尋ねた。

メリルは村の魔法学校に通って、魔法の勉強をしていた。

「えへへ。サボっちゃった♪」とぺろりと舌を覗かせた。

「サボっちゃったって……あなたねえ。学校に通うのもタダじゃないのよ。パパがお金を払ってくれてるんだから」

「だってー。つまんないんだもん。授業のレベルは低いし。学校の先生より、ボクの方が魔法を使うの上手だよ? ほらほら」

メリルはそう言うと、ぴんと指を立てた。

すると——。

指先に氷の結晶の花が咲き乱れた。

「これは……氷魔法か。メリル。どこで覚えたんだ?」

「この前、パパが水魔法を教えてくれたでしょ? だから、ボクなりに色々と試してるうちにできるようになったんだー」

水魔法の応用――それは十歳やそこらにできる技術じゃない。

大人の魔法使いでも、この領域に到達できない者は腐るほどいる。それをあっさりと成し遂げてしまった。

メリルは三姉妹の中でもずば抜けて魔力量があった。

それに飲み込みも早かった。

俺が教えてあげた魔法を、乾いたスポンジのように吸収していった。それだけではなく今のように応用も利かせられる。

将来が今から楽しみだった。

「えへへー。凄《すご》いでしょ。褒めて褒めてー♪」

俺がメリルの頭を撫《な》でてやると、ふにゃあと嬉《うれ》しそうに頬を緩めた。それは気の抜けた子猫のような表情だった。

「授業に出て魔法の勉強をするより、こうしてお家でパパといちゃいちゃしながら魔法を教えて貰う方がいいなあー」

「ダメよ。パパは忙しいの。メリルにばかり構ってる暇はないわ。だから、あなたは学校に行ってちゃんと授業を受けなさい」

「いだだだ！　アンナ、痛い！　痛いよう！　耳引っ張らないで～」

「ちゃんと学校に行く？」

「行く！　行くからぁ！」

「分かればよろしい」

アンナはにっこり微笑《ほほえ》むと、俺に向かって言った。

「パパは心配しないで。メリルは私が責任を持って学校に通わせるから。パパは思う存分自分の仕事に専念してね」

「あ、ああ……」

第五話

今日は村の広場で剣術大会が開かれていた。

子供も大人も関係なく剣の腕を競い合う。

俺は仕事があったので途中から観客として参加した。子供の中に大人も交じった大会で優勝したのはエルザだった。

他の参加者を突き放しての圧倒的な優勝。

剣の腕に覚えがある大人ですら、エルザの剣の前では子供のようだった。百回戦っても結果は変わらないだろう。

「いやあ。カイゼル。あんたのところの娘、凄かったなあ！　ありゃ天才だよ。将来は名の通った剣士になるぞ」

「まるで若い頃のカイゼルの剣を見てるようだった」

傍にいた観客たちが口々に賛辞を述べてきた。

「俺の力じゃないですよ。あいつの実力です」

「父上っ！　見てくれましたか！」

試合を終えたエルザが嬉しそうに走り寄ってくる。

その手にはトロフィーが。

勝利を得た喜びと興奮に上気した顔をしていた。

「ああ。ばっちり見てたよ。優勝おめでとう。いい剣筋だった。エルザが普段、休まずに努力をしている証拠だ」

「でも、父上の剣の腕にはまだまだ遠く及びません。もっと頑張らないと。父上に一撃を浴びせることはできないです」

「はは。その日を楽しみにしてるよ」

俺はエルザに微笑みかけた。

エルザは身体の前に組んだ指をもじもじと絡ませながら呟《つぶや》いた。

「あ、あの……父上、約束覚えていますか？」

「もちろん。もし俺に一撃当てることができたら、エルザのお願いを何でも一つだけ俺が聞くっていうやつだろ？」

「……はい」

「ちなみにだけど、エルザは何をお願いするつもりなんだ？」

「そ、それは内緒ですっ！」

エルザはそう言うと、頬を赤らめて顔を背けてしまった。

……何か自分にとっては恥ずかしいことをお願いしようとしているのだろうか。ぬいぐるみを買って欲しいとかそんな感じか？

まあ、深くは追及しないことにする。

俺はすっと手を伸ばすと、エルザの頭を優しく撫でた。

「ふぇっ……？」

気の抜けた声が漏れる。

「おっと。嫌だったか？」

「い、いえ。……父上にそうして貰っていると、落ち着きます」

普段、凛《りん》とした顔つきのエルザだが、撫でられた時には頬が緩んでいた。

「よし。今日の晩ご飯はエルザの大好きな兎《うさぎ》肉のシチューにしようか」

「本当ですか!?」

「優勝したお祝いだ。腕によりをかけて作るからな」

「お、お代わりをしてもいいですか？」

「もちろん。心ゆくまで食べてくれ」

俺はエルザに対して微笑みかける。

「――やったっ」

エルザは嬉しそうに小さく胸の前で手を握りしめていた。

「えへへ。これなら毎日のように剣術大会が開かれて欲しいです。そうすれば、シチューが毎日食べられるのに」

「それは参加者が激減しそうだ」

俺が苦笑していたその時だった。

「うわあああっ！　魔物が出たぁ！」

村人の悲鳴が聞こえてきた。

俺もエルザもはっとしたように目を見開いた。

――魔物が出ただって!?

「声は向こうの方から聞こえたな。エルザはここでおとなしくしているんだ。俺が戻るまで動くんじゃないぞ」

「私も行きますっ！」

「――えっ？」

「剣術大会で優勝したんです。私だって父上といっしょに戦えます！　だから、私も父上に同行させてください！」

俺を見据えるエルザの眼差《まなざ》しは、頑《かたく》なだった。

何を言っても聞かなそうだ。

説得するだけの猶予はないし……。仕方ない。

「分かった。ついてくるといい」

「――はいっ！」

悲鳴がした方に駆けていく俺の後ろを、エルザがついてくる。

しばらく走った頃、目の前に魔物の姿を捕捉した。

腰の抜けた村人に対して、今にも襲いかかろうとしているところだった。

それは魔猪《まちょ》だった。

獰猛《どうもう》な牙に、体躯《たいく》を分厚い毛皮で覆った、猪《いのしし》の魔物だ。

「ひ、ひぃっ！」

「大丈夫だ！　今、助ける！」

「私も戦いますっ！」

エルザは率先して正面に立った。

勇ましく剣を構える。

すると、魔猪の目が村人からこちらへと向いた。

「――っ!?」

その敵意の籠もった視線に射貫《いぬ》かれた瞬間、エルザの勇敢さは掻《か》き消えた。一瞬にして
呑《の》まれてしまったのが分かった。

「グモオオオオ！」

魔猪が牙を剝《む》きだしにし、突進してくる。

まともに喰《く》らえばひとたまりもないだろう。

しかし、エルザはその場から動くことができない。

「あ……あっ……」

マズイ。このままだとやられてしまう。

俺は咄嗟《とっさ》に地面を蹴ると、エルザの前へと割り込んだ。

魔猪の突進を真っ向から受け止める。巨大な鉄球をぶち当てられたかのような強い衝撃に、全身の骨が軋《きし》む。

尖《とが》った牙が右肩口を抉《えぐ》った。

「――くっ⁉」

鋭い痛みが走った。

だが――ここで退《ひ》くわけにはいかない。後ろにはエルザがいるんだ。

「はあああっ！」

俺は気力を奮い立たせると、魔猪の牙を握りしめる。そして数百キロ近くある巨体を持ち上げると、思い切り地面に叩《たた》きつけた。

「グモッ⁉」

魔猪が衝撃に動きを止めたところで、首を剣で掻ききった。

大量の血が噴き出ると、やがて動かなくなる。

どうやら力尽きたようだった。

「エルザ！　怪我《けが》はないか？」

「は、はい。でも父上は……」

エルザの怯《おび》えたような視線は、俺の右肩へと注がれていた。肉がえぐり取られ、大量の血が流れ出している。

「ごめんなさい。私、何もできなくて……。剣術大会で優勝したから、父上と同じように戦えると思ったのに……」

「はは。気にするな。誰だって最初の戦闘はあんなものだ」

俺はそう言って笑いかけると、エルザの髪をくしゃりと撫《な》でた。

「今回の経験を踏まえて、少しずつ覚えていけばいい」

俯《うつむ》いたエルザの目には涙が浮かんでいた。

彼女は目元を手の甲で拭い、洟《はな》を啜《すす》った後に俺にこう尋ねてきた。

「父上は……」

「ん？」

「父上は、魔物が怖くないのですか？」

「そりゃあ怖いさ。やられちゃうんじゃないかって思うこともある。だけど、俺には守るべき人たちがいるからな」

「守るべき人たち……ですか?」

「ああ。エルザであったり、アンナであったり、メリルであったり……。もちろんこの村の人たちだってそうだ。自分のためじゃなく、大切な人たちを守るために戦う――それが俺に勇気を与えてくれるんだ」

俺はエルザに答えた。

「わ、私もっ」

エルザは声を振り絞って言った。

「私にも大切な人たちがいます。友達のミーナちゃんにイレーザちゃん。アンナやメリルもそうです。……もちろんパパも」

「なら、その人たちのために剣を振るえばいい。そうすればきっと、恐怖に打ち勝つ勇気が湧いてくるはずだから」

「……(こくり)」

エルザは俺の言葉に深く頷《うなず》いた。

今日の敗戦はきっと、彼女にとって大切な糧になることだろう。そしてこれからもっと強くなれるに違いない。

第六話

俺は商人が運んできた仕入れの食材を抱え、酒場の裏口に上がり込んだ。

酒場のマスターに指定された場所にそれを降ろす。

「――よし。これで全部だな」

ふう、と息を吐くと凝り固まった首を回した。

「いやあ。すまないな。カイゼル。助かったよ」

振り返ると、酒場のマスターが笑みを浮かべていた。

彼の名はジゼルという。

ダンディな髭面《ひげづら》の中年男性だ。

「気にしないでください。俺が不在の間、ずっと家の管理を任せてたんですから。少しは恩返しをさせてくださいよ」

「お前は本当に義理堅い奴《やつ》だな。昔から」

マスターは葉巻を吸いながら、遠い過去を見つめるような目をする。彼とは俺が子供の頃からの付き合いだった。

「お前がこの村に戻ってきてから、俺たちは魔物の脅威に怯えずに済むようになった。おかげで今年の畑は過去最高の収穫量になりそうだ」

「それは良かったです」

「今、子供たちに剣を教えてるんだって？」

「ええ。次世代の用心棒を育てるために――って言うと大げさですが。剣術は身につけておくに越したことはないですから。それに子供たちも乗り気で。最近は毎日のように家に押しかけてくるんですよ。剣を教えて欲しいって」

「そりゃお前、憧れられてるんだよ。村の剣術大会に参加した時、誰からも一撃も貰《もら》わずに完全優勝しただろ。あの雄姿が目に焼き付いてるんだよ。――もっとも、お前は強すぎるせいで以後の大会は出場禁止になったが」

「はは……」

俺は乾いた笑いを漏らした。

あれはちょっとしたトラウマだった……。

マスターは俺が運んできた荷物に目を向けると言った。

「しかし、やっぱり馬力が全然違うな。俺も腕っ節には覚えがある方だが、この量の食材を一挙に運ぼうとしたら、ぎっくり腰になるだろうよ。それを楽々と……。さすがはAランク冒険者様ってわけだ」

「止《や》めてくださいよ。昔の話ですから」

俺は苦笑を浮かべた。

「今はもう冒険者を引退した身です」

「引退って。冒険者にそんな制度ないだろ。お前が戻ろうと思ったら、また王都に戻れば冒険者になることはできる」

「戻りませんよ。子供たちがいますし」

もう冒険者には未練はない。

……いや、正確に言うと未練はある。

子供たちの故郷を滅ぼしたエンシェントドラゴンを打ち倒していない。いずれ奴はまた別の村や街を襲うかもしれない。

俺は奴を目覚めさせた責任を取って、奴を倒さねばならない。

――にも拘《かか》わらず、半ば逃げるように王都から村へと舞い戻ってきた。もちろん娘たちの子育てという理由もあったが。

「そういえばお前、子供たちに本当のことを打ち明けたのか？」

「本当のこと……ですか？」

「自分があの子たちの本当の父親じゃないってことだよ。母親がいないってことは周りを見てりゃ気づくだろうが」

「……いいえ。まだです」

俺は俯くと答えた。

「子供たちは俺を実の父親だと思ってます。もちろん、折を見て本当のことを伝えようとは思っていますが」

「隠し通すって選択肢もあるんだぞ」

「――えっ？」

「お前が本当の父親じゃないと知ったら、彼女たちはきっと戸惑うだろう。だったら最初から言わなければいい。真実を隠すというのも優しさだ。――まあ、最終的にどうするかはお前が自分で決めれば良い」

「……はい」

俺は小さく頷いた。

折を見て本当のことを伝えよう――そう思っていても踏ん切りがつかない。年を経る毎《ごと》に伝えづらくなるのは分かっているのに。

「……そういえば。酒場の内装、変えたんですか？」

俺は話題を変えるためにそう口にした。

「おっ。気づいたか。アンナに助言を貰って変えたんだよ。内装だけじゃなく、入り口の扉も変わってるだろ」

本当だ。

前ははめ込み式の扉だったのに、今はスイングドアになっている。おかげで外からでも店の中を覗《のぞ》くことができた。

「何でも席の位置が悪いとか言ってな。それに外から店内が見えた方が、お客さんは安心して入ってこられるとか。で、試しに言われた通りにしてみたんだよ。そしたら、酒場の客がこれまでにないほど増えてな。アンナ様々だ」

「へえぇ」

俺は感心した声を上げた。

「それに仕入れ価格が適正値より高いとか言ってな。業者と交渉してくれたんだ。おかげで食材を安く仕入れられるようになった。凄《すご》かったぜ。商売のプロを相手にアンナは見事に交渉を進めやがった。自分の意見を通しながら、角が立たないようにもする。見ていて惚《ほ》れ惚《ぼ》れするような手腕だった」

「ははあ。それは凄いですね」

人を上手《うま》く使う才能があるというのは知っていた。

炭鉱の親方から絶賛されていたから。

何でもアンナが現場監督とシフトの管理を任されるようになってから、作業効率が飛躍的に上がったとか。

それに加えて商才まで発揮するとは。

「カイゼル、アンナの奴は凄いぞ。ありゃ、将来とんでもない逸材になるぜ。俺も今の内に恩を売っておかないとな」

マスターはにやりと笑みを浮かべながら言った。

「そうすりゃ。俺にも仕事を回してくれるかもしれねえ。才能のある奴とコネがあるっていうのもまた才能だからな」

「はは……。マスターは相変わらず現金ですね」

「当然よ。俺はお金が大好きだからな。――もっとも、お金の方は俺にそっぽを向いて振り向いてくれないが」

マスターは葉巻を吹かすと、苦笑を浮かべた。

俺もまたつられて苦笑いを浮かべた。

第七話

マスターに挨拶をして酒場を後にし、家に戻る途中だった。

真っすぐに伸びた道の右手には柵に囲まれた畑が広がっている。

そこでは、農作業をしている人の姿がぽつぽつと見えた。

例年だと、この時期になると魔物が農作物を狙って襲ってくる。この前の魔猪《まちょ》も恐らくはその目的だっただろう。

その時、いきなり目の光を奪われた。

後ろから伸びてきた手に、目元を覆い隠されたらしい。

「だーれだっ♪」

甘い声が耳元で聞こえた。

もちろん、誰かはすぐに分かった。けれど、すぐに答えるのは面白みがない。もう少しこのやりとりを楽しむとしようか。

「そうだな。ヒントをくれないか」

「ヒントはー。あなたのことが大好きな人でーす♪」

「うーん。誰だろう……」

「ふふふ。あなたのことが好きな人はいっぱいいるからねー。ただ、その中でも一番好きの気持ちが強い人だよ？」

「……そのヒントを出されると、答えにくくなるんだが。自分で自分のことを大好きだと思ってる人を言うのは辛《つら》い」

外した時の恥ずかしさが尋常じゃない。

凄い片思いに終わってしまう。

「そっかー。恥ずかしがり屋さんだねえ。そういうところも好きー。じゃあ、更にヒントをあげちゃおうっかな？」

俺の目を隠してるその人物は歌うように言った。

「ボクはパパの娘たちのうちの一人でーす♪」

「ボクって言っちゃってるじゃないか……」

娘の中で一人称がボクなのは一人しかいない。

「さあ。パパ。答えて？　パパのことを世界で一番愛してる、三姉妹の末っ子である天才魔法使いの名前は？」

「もうほとんど答えじゃないか！……メリルだろう？」

「ピンポーン♪」

ぱっ、と目元を覆っていた手が取り払われた。

視界に光が戻ってくる。

振り返ると、愛娘《まなむすめ》であるメリルが後ろ手を組みながら立っていた。ニマニマと嬉《うれ》しそうな笑みを浮かべている。

「えっへへー」

「やけに嬉しそうだな」

「むふふ。パパとイチャイチャできて楽しかったから♪」

「それより、魔法学校はどうしたんだ？　今は授業の時間のはずだろう。もしかして、またサボったのか？」

「てへっ♪」

メリルがぺろりと舌を出した。

「全く……。先生から苦情が来てたぞ。メリルの素行が悪いって。授業中は居眠りばかりして先生の話を聞かない。演習では教えてない魔法ばかり使う。挙げ句の果てには先生に決闘を申し込んで負かしたとか」

「だってー。先生がガミガミうるさかったんだもん。ボクの方が強いって教えてあげれば何も言ってこないかなーって」

メリルは得意げにそう言うと、

「ボク、先生に余裕で勝っちゃったんだよ。凄いでしょー。えへへー。パパ、ボクのことをたくさん褒めてー♪」

「はあ……」

俺は深い溜息《ためいき》をついた。

「この件に関しては、メリルを褒めることはできないな」

「──えっ？　どうして？」

「確かに先生に勝ったのは凄いことだ。メリルに才能があるのも認める。でも魔法は人を傷つけるためのものじゃない。魔法は人の生活を豊かにするためにあるんだ。人のためになるからこそ価値があるんだよ」

俺がメリルにそう説いていた時だった。

「おお。カイゼルじゃないか」

農作業をしていた男が、俺に気づくと近づいてくる。

農夫のゴンドラだった。

頭巾を被《かぶ》り、亜麻製の服に身を包んでいる。

足首のところを紐《ひも》で結び、底の分厚い農民靴を履いていた。

「精が出てるみたいだな」と俺が言う。

「今年は凄いぞ。過去最高の豊作になりそうだ。やっぱり魔物の襲撃を抑えられたというのが大きいな」

ゴンドラは畑の方に視線を向けた。

「カイゼルが用心棒になってくれたのもそうだが、何より、お前が作ってくれたこの魔法の柵が役に立ってるんだよ」

「魔法の柵？」とメリルが小首を傾《かし》げた。

「ああ。この柵は魔法を込めてできたものでな。作物を狙う魔物が接触すると、高圧電流を流す仕様になってるんだ。おかげで作物を荒らされることもなくなってな。あの忌々しい魔猪が尻尾を巻いて逃げていく様は爽快の一言だ」

ゴンドラはそう言うと、でっぷりと出た腹を揺すりながら気持ちよさそうに笑った。

「収穫できたら、カイゼルの家におすそ分けに行くからな。うちの野菜はこの村でも一番美味《うま》いから楽しみにしておけよ」

「いいのか？」

「もちろん。お前には世話になってるからな。そのお返しだ。世の中、持ちつ持たれつの関係でいないとな」

ゴンドラはぐっと親指を立てると、メリルを見やる。

「うちの野菜を食べて、メリルも大きくなれよ」

歯を見せて笑うと、じゃあ、とゴンドラは畑の方へと歩いていった。メリルはその後ろ姿を呆然《ぼうぜん》としながら見送っていた。

俺はメリルの方に向き直ると、逸《そ》れた話を戻そうとする。

「えっと。さっきは何の話をしてたんだっけか」

「ううん。もういいよ。パパの言いたいこと、何となく分かったから。パパの魔法は皆の役に立ってるんだね」

メリルは俺に向かってそう言うと、

「ねえ。ボクの魔法が人の役に立ったら、パパは褒めてくれる?」

「ああ。もちろんだ」

「えへへ♪　だったら、ボクちゃん、頑張っちゃおうかな」

メリルはほっぺたに指を宛《あて》がうと、にこりとはにかんだ。

今のやりとりによって、後の世が魔法で飛躍的に発展することになるとは、まさかこの時は思ってもみなかった。

第八話

それから四年の時が経《た》った。

子供たちは十四歳になった。

エルザは剣の道をひた走っていた。熱心に鍛錬に励み、俺が教えてやった数々の剣技を次々とものにしていった。

村の剣術大会では毎年敵なし。今年を以《もっ》て俺と同じく出禁となった。

「父上と同じ出禁になれて嬉しいです……！」

と喜んでいた。

エルザは村の用心棒として、魔物との戦闘も重ねた。初戦こそ臆してしまったが、守るべき者を見つけてからは怯《おび》えも消えた。

アンナはその経営手腕や交渉術を存分に発揮していた。

彼女が村の経営に携わるようになってからというもの、村の財政は潤い、以前より村人たちは豊かな暮らしを送ることができていた。

村に来る商人たちからスカウトされることもザラだった。しかし、当の彼女にはその気がないようで全て断っていた。

あくまでも彼女の夢は冒険者ギルドのギルドマスターになることのようだ。

メリルは相変わらず甘えん坊でサボり魔だったが、魔法を自己顕示のためではなく世のため人のために使うようになった。

「パパー。今日はねえ、土魔法を使って温泉の水脈を見つけたよー♪　おかげでこの村に温泉ができそうだって！」

「おお！　凄《すご》いなあ！　皆の役に立ったんだな」

「でしょー！　ボクちゃんを褒めて褒めてー」

「メリルはえらいなあ」

「でへへー。幸せー。温泉ができたら、一緒に入ろうねえ」

……世のため人のためというか、俺に褒められたいがためのような気もするが。結果的には人のためになっているから良いだろう。

娘たちは皆、立派に成長してくれた。

この世界では十四歳になると職業に就く権利を得られる。

冒険者やギルド職員になれるのもこの年齢に達してからだ。

ちなみに俺は十四歳の時に冒険者の世界に飛び込んだ。

彼女たちもまた、各々の夢に向かって進むべき時期だった。

エルザは俺と同じ冒険者の道に。

アンナはギルドマスターを目指す道に。

そしてメリルはぐうたらニートの道に……と本人は言っていたが、やりたくないことを排していった結果、魔法使いの道に。

明日、娘たちは王都に旅立つことになっていた。

今日は家族四人で過ごす最後の夜。

家のリビングに四人揃《そろ》って、兎肉《うさぎ》のシチューにミートパイ、ベーコンに焼きたてのパンといったご馳走《ちそう》を囲んでいた。

これらの料理は皆、娘たちの大好物だった。

「ねー。ホントにパパはいっしょに来ないの？」

メリルが寂しげな口調で言った。

「ああ。俺は村の用心棒の仕事があるからな。他にも色々と頼まれてるし。それにこの家を守らないといけないからな」

「寂しい〜！　パパがいないとボクちゃん、生きられない〜！　パパが村に残るならボクもここに残る〜！」

「ダメよ。ワガママ言ったら。パパを困らせないで」

アンナが窘《たしな》めるように言った。

「それにメリルが村に残ったら、パパが甘やかしてニート一直線だろうから。王都で社会の波に揉《も》まれなさい」

「むぅ～」

「パパ。大丈夫よ。エルザとメリルの面倒は私がちゃんと見るから。月に一度は近況報告の手紙も出すわね」

「ああ。アンナがいっしょだと安心だ。頼むよ」

「結局……私は父上に剣を当てることができませんでしたね。この年になるまで、何百回と打ち合いをしてきたのに」

エルザは悔しそうな表情をしていた。

「私も鍛錬を重ねて強くなったつもりでしたが、父上にはまだ遠く及びません。冒険者として更に精進を重ねます」

「ああ。強くなったエルザに会えるのを楽しみにしてる」

俺はエルザに向かって微笑《ほほえ》みかけた。

エルザも微笑を浮かべると、こくりと頷《うなず》いた。

食事を取った後は、風呂に入った。

普段は別々に入っているのだが、今日は最後の日だから……ということで娘たちに懇願されていっしょに入ることに。

「あの……父上。お背中を流させてくれませんか？」

「え？　俺の？」

「はい。今まで父上には剣を教えて貰《もら》いましたから。せめてもの恩返しとして、お背中を流させて貰えたらなと」

「そんなこと気にしなくてもいいのに」

「ダメですか？」

「いいや。じゃあ、お言葉に甘えてお願いしようかな」

俺はエルザに背中を流して貰うことにした。

泡立てたタオルによって、俺の背中がゴシゴシと洗われていく。ちょうどいい力加減でとても気持ちが良かった。

「ふふっ。エルザ。次は私に代わって」

「アンナが？」

「私だってパパの背中、洗いたいもの」

アンナはエルザの手からタオルを受け取ると、俺の背中を擦《こす》り始めた。丁寧で労《いたわ》るような力加減だった。

「ボクちゃんもボクちゃんも～♪」

メリルは身体《からだ》に石けんを塗りたくなると、直接俺の背中に抱きついてきた。

「肌と肌とを擦り合わせてキレイキレイしよう～♪」と言っていたが、すぐさまアンナに引っぺがされていた。

愛娘《まなむすめ》たちに背中を流して貰うことができて、俺は幸せだった。

――けれど、まだ彼女たちに真実を話してはいなかった。彼女たちが俺の本当の娘ではないということだ。

この四年間、何度も言おうと思っては言えなかった。

それはきっと負い目があるからだ。

俺がエンシェントドラゴンを倒せなかったせいで、娘たちの本当の両親を死なせることになってしまったという。

月日が経てば経つほど、言い出しにくくなっていた。

その夜は娘たちと一つの布団で寝た。

翌朝。俺は王都行きの馬車に乗った娘たちの見送りに来ていた。幌《ほろ》の中から顔を出した娘たちに向かって言った。

「じゃあな、皆、身体に気をつけるんだぞ」

「――はいっ。必ずや父上と同じAランク冒険者になってみせます」

「パパも元気でね」

「一週間に一回は甘えに帰るからね～♪」

娘たちを乗せた馬車は進んでいく。

俺は王都に向かっていく馬車に手を振りながら見送っていた。彼女たちもまた見えなくなるまで手を振り続けていた。

結局、彼女たちに真実を口にすることはできなかった。

もし仮に告げてしまえば、俺たちは本当の家族ではなくなり、二度と元に戻れなくなるのではないかという思いがあったからだ。

この四年後――。

そこから俺たち親子の物語が始まる。

第九話

娘たちが王都へと旅立ってから四年の月日が経った。

出会った時は珠《たま》のように可愛《かわい》かった娘たちも、今やもう十八歳。早い者であれば結婚を考えたりもする年齢だ。

俺も年月の経過に沿って三十五歳になっていた。立派な中年だ。

そう言うと――。

「何を言ってるんだ。まだまだ若いじゃねえか。この前だって村を襲いに来た魔狼《まろう》の群れを一網打尽にしてただろ」

酒場のマスターが葉巻を吹かしながら呆《あき》れたように言う。

「それに見た目だって二十代にしか見えないぜ」

「まあ、用心棒として鍛錬はずっと続けてますからね。――とはいえ、今エルザと戦うと負けてしまいそうですけど」

「エルザはSランク冒険者になったんだってな」

「ええ。王都で開かれた剣神祭でも優勝したとか何とか。その腕を見込まれて今は騎士団長兼、姫様の近衛兵《このえへい》を務めているそうですよ」

「大出世じゃねえか。騎士団長で姫様の近衛兵なんて。……お前の後ろをちょこちょこ付いて回っていたあの小娘がねえ」

マスターは葉巻の煙をくゆらせながら、懐かしそうに遠い目をしていた。虚空に幼き日のエルザを見ているのかもしれない。

エルザは王都に発《た》った後、冒険者の道を歩んだ。

順調に任務を達成し、冒険者ランクを昇格させていき、ついには念願だったSランク冒険者へと昇格することができた。

曰《いわ》く――王都史上最速のSランク到達らしい。

エルザはSランク冒険者になった後、俺に送ってきた手紙の中で、喜びの言葉と共にこんなことを書いてきた。

『私は王都に来る前、不安で堪《たま》りませんでした。父上に一撃も浴びせられないような私が冒険者として通用するのかと。けれど、その心配は杞憂《きゆう》に終わりました。王都に来てからというものの、父上よりも腕の立つ人に未《いま》だ出会ったことがありません。一番身近な人が一番強かったのだと思い知りました』

引退したとはいえ、俺は元Aランク冒険者。一応、周りからは次期Sランク冒険者の筆頭と目されていた。

そんな俺にみっちりと鍛え上げられたエルザだ。

どこに出しても恥ずかしくない剣の腕前は持っている。

「そういえば、アンナは冒険者ギルドに入って頑張ってるんだろ？」

「ええ。この前、念願のギルドマスターに昇進したって手紙が送られてきました。冒険者ギルドでは最年少らしいです」

「あいつなら不思議なことじゃないな。あれだけ有能な奴《やつ》はそうそういない。そりゃギルドマスターにもなれるだろうよ」

酒場を繁盛させて貰ったマスターはアンナの才能を買っていた。

アンナは王都に渡った後、冒険者ギルドに職員として入った。

倍率の高い難関試験だったようだが、地頭の良さで楽々と突破。面接では弁舌をいかんなく発揮してその場で内定を得たとか。

ギルド職員になった後は受付係として勤務していたが、持ち前の才能を生かして瞬く間に頭角を現していった。

そしてこの間、ついにギルドマスターへと昇格を果たした。十八歳でギルドマスターになるのは異例中の異例らしい。

「メリルの近況……は別に聞く必要はねえな。あいつ、しょっちゅう村に帰ってくるし」

「はは……」

俺は思わず苦笑を浮かべた。

メリルは昨日も村に帰ってきていた。目的は俺に会うためだ。

「ボクは一週間もパパに会わないと、寂しくて死んじゃうからねー」とだいたい週に一度の頻度で里帰りしてくる。

メリルは王都の魔法学園に入った。

アンナから聞く限り、授業は相変わらずサボりまくっているようだ。しかし成績は常に首席で、新種の魔法をいくつも開発しているらしい。

より簡易で強力な威力の出る魔法構文の構築であったり、魔法薬物の開発、魔法を一般市民でも使えるようにするための魔導器の開発。魔法の歴史は、メリル以前、メリル以後に分けられるほどの活躍っぷりだそう。

娘たちは皆、それぞれの道で頑張っているのだ。

「おい。カイゼル。行商人が娘たちの手紙を預かってきてるってよ。――ほれ。ちゃんと読んで返事してやりな」

マスターが店に来た行商人から受け取った手紙を、俺に差し出してきた。娘たち三人分の手紙がそこにはあった。

俺は手紙を受け取ると、開封して読み始める。

そこには近況報告と、俺とまた王都でいっしょに暮らしたい、と示し合わせたかのようにどの手紙にも綴《つづ》られていた。

「ずっとラブコールを送られてるんだろ？」

マスターが俺の手元の手紙を覗《のぞ》き込むと言った。

「カイゼル。お前、そろそろ王都に行ったらどうだ」

「えっ？」

「娘たちの生活もぼちぼち落ち着いて、余裕が出てきた頃だろう。お前が王都に住めば娘たちもきっと喜ぶだろうしな」

「しかし、村のことが……」

「なーに。心配するな。お前がガキ共を鍛えてくれたおかげで用心棒は足りてるし、畑は魔法の柵もあるから安心だ。家のことも任せておけ。お前が王都に住んでる間もちゃんと手入れしておいてやるから。また気が向いたら戻ってくればいい」

マスターはそこで俺の表情に気づいて言った。

「昔のことをまだ引きずってんのか？」

「…………」

俺は半ば王都を追われた身だ。汚名を背負っている。

まだ俺のことを覚えている者が王都にいて、そのせいで娘たちにまで迷惑を掛けることになってしまうかもしれない。

「大丈夫だ。十八年も経ってるんだ。皆、お前のことなんて忘れてらあ。あの頃とはすっかり人相も変わってるんだしよ。黙ってりゃバレねえって」

マスターが俺の内心を見透かしたように言った。背中を叩《たた》いてくる。

「それに愛する娘たちがこんなに熱心に誘ってくれてるんだ。父親として、応えてやってもいいんじゃないか？」

「マスター……」

俺は手紙をしばらく見つめた後、小さく頷《うなず》いた。

そうだな。彼女たちといっしょに暮らすせっかくの機会なんだ。

――よし。決めた。

「分かりました。俺はもう一度、王都に行こうと思います」

十八年の時を経て、再び王都に旅立つことにした。

第十話

俺は娘たちの要望に応えて、王都に移住することを決めた。

その旨を手紙で彼女たちに伝えると大喜びしていた。

村を後にすると、馬車に乗って王都へと向かう。

村から王都までは馬車でおよそ半日という距離だった。

早朝に村を出ると、昼頃に王都の敷地内に到着した。

通りには多くの人たちが行き交い、切妻屋根の家が左右に建ち並ぶ。村とは比べものにならないほど活気づいていた。

——ここに帰ってくるのも久しぶりだな。十八年ぶりになるだろうか。

エンシェントドラゴンを討伐するのに失敗し、周りから犯罪者のように扱われ、逃げるように村に戻ってから十八年。

時間が経《た》つのは早いものだ。

馬車の荷台から降りると、料金を払った。

——マスターの言った通り、俺のことを覚えている者は少ないだろう。下手に名前を出さない限りはバレないに違いない。

言い聞かせるように内心で呟《つぶや》いていた——その時だった。

俺の周囲をずらりと武装した騎士たちが取り囲んできた。

剣や槍《やり》を手に持ち、屈強な身には甲冑《かっちゅう》をつけている。

——えっ!? 俺、何かやらかしてしまったのか?

騎士たちに取り囲まれるようなことをした覚えはない。

王都に入るのに身分許可証を提示しなかったからか……?

いや、王都は誰であっても入場を許可されるはずだ。

まさか! 俺の悪評が残っていて、騎士たちが取り押さえに来たのか?

騎士たちが一斉に動こうとするのを悟った。

——戦うつもりか? こんな市中で!?

だが、俺は捕まるわけにはいかない。

愛する娘たちに会わなければいけないんだ。

「「カイゼル殿、お待ちしておりました!」」

「……え?」

臨戦態勢に入ろうとした俺は、拍子抜けしてしまった。四方を取り囲んでいた騎士たちが一斉に頭を下げたからだ。

えーっと……。

いったい何が起こってるんだ？

「本日、エルザ騎士団長の父君がご到着されるということで、我々騎士団一同、お出迎えに上がりましたッ！」

「「ようこそ、王都へ！」」

騎士たちが一斉に声を張った。

通行人たちが何事かとこっちを見てくる。普通に恥ずかしい。

……というか。

この騎士たちはエルザの部下だったんだな。

「カイゼル殿。お話はかねて伺っておりました。あのエルザ騎士団長に剣術の全てを教え込んだとか」

「あ、ああ。そうだけど」

「「おおっ！」」

騎士たちの間から喚声が上がった。

「曰く、エルザ騎士団長はカイゼル殿に一度も剣を当てたことがないとか！　あの噂《うわさ》は本当なのでしょうか？」

「え？　まあ、そうだね」

「「おおおおおっ！」」

騎士たちの間から再び喚声が上がる。

「史上最年少でSランク冒険者になったエルザ騎士団長が手も足も出ないとは……カイゼル殿の剣の腕は凄《すさ》まじいのですね……！」

「剣聖を超える剣聖ですな！」

「先ほど、我々がカイゼル殿を出迎えるために頭を下げた時も、気を抜かずに臨戦態勢を保ってらっしゃった。本物だ！」

何やら俺のことを讃《たた》えてくれているようだ。

騎士たちの目には、尊敬と羨望の念が滲《にじ》んでいた。キラキラと眩《まぶ》しい。まるで剣の教えを乞う時の村の少年たちのようだ。

——その時だった。

「父上っ！」

騎士たちの中を掻《か》き分けて、見覚えのある女性が姿を現した。

絹のような銀色の髪。

凛《りん》とした顔立ちは、四年前よりもぐっと美しくなった。

彼女は自身の髪色と同じ白銀の軽装の鎧《よろい》に身を包んでいる。腰には装飾の施された立派な剣が差してあった。

それが誰なのか、すぐに分かった。

「エルザ。……大きくなったな」

俺がそう言うと、

「頑張ったんだな。自分の夢を叶《かな》えるために」

「はいっ……」

目に涙を浮かべながら、エルザは頷いた。

俺の下に近づいてくる。

そして、なだれるように身を委ねてきた。

「私もずっと、ずっとお会いしたかったです……！」

「はは。俺だってそうだよ。でも、今日からはいつだって会えるんだ。エルザにもアンナにもメリルにもな」

「はい。本当に嬉《うれ》しいです……！」

エルザは人目も憚《はばか》らずに俺の胸元に頭を預けてきた。ずっと抑えていた感情が再会を機に溢《あふ》れ出したかのように。

俺はそっとエルザの頭を撫《な》でてやった。

エルザは心地よさそうに目を閉じる。この瞬間、彼女はSランク冒険者でも騎士団長でもない一人の娘の表情をしていた。

騎士団の人たちは微笑《ほほえ》ましげにその光景を見守っていた。

「そういえば、アンナとメリルは？」

「アンナはギルドの仕事が忙しいようで……。メリルは来る予定だったのですが、恐らくまだ寝ているんだと思います」

「仕方のない奴《やつ》だなあ……。メリルはまだ魔法学園の寮に？」

「はい。メリルは特待生として魔法学園に入っていますから。寮に住んでいれば、食事と寝床が無償で付いてきます」

「なるほど。あいつにとっては最高の環境ってことか」

思わず苦笑を浮かべる。

「もっとも、父上が王都に住むという知らせを受けてからは、いっしょに住むからと寮を出る決心をしたそうですよ」

「俺がいれば、炊事洗濯を全部やってくれると思ってるんだろうな。実質、寮に住んでるのと同じようなものだ」

「メリルは本当に相変わらずですね」

エルザが呆《あき》れたように言った。

「父上。この後はどうされるのですか？」

「まずは住むところを探さないとな。俺一人なら宿屋暮らしでもいいが、メリルも住むとなるといつまでもそうはいかないだろうな」

だから、と俺は言った。

「取りあえずは宿屋で暮らしつつ、仕事をしてお金を貯《た》めて、それから家を借りることにしようかと思ってるよ」

「でしたら、私に任せてください」

第十一話

エルザは自分に妙案があると言った。

「父上の住居探しですが、力になれるかもしれません」

「エルザ。その申し出はとてもありがたいんだが。……その、情けない話、持ち合わせはかなり少ないぞ？」

村から一応金を持ってきたとはいえ、家を借りられるほどの額はない。

「お任せください。お金など必要ありませんから」

「えっ？　どういうことだ？」

「私は一応、この国の騎士団長を務めている身です。私の紹介があれば、無償で空き家を提供して貰《もら》えます」

エルザはふふ、と胸当てに手を置くとそう説明してくれた。

彼女は冒険者ギルドのSランク冒険者であり、この国の騎士団長――おまけに姫君の近《この》衛《え》兵《へい》を務めているという身分。

家の一つや二つはお手のものということらしい。

「父上が王都に引っ越してくるという知らせを受けてから、王都内で空いている物件をいくつかリストアップしました。貴族街や住宅街など多岐にわたります。ですので、今から私と共に内見に向かいましょう」

「す、凄《すご》いやる気だな……」

「当然です。これから父上たちといっしょに暮らす家ですから。最高の家を選ばなければと気合いも入るというものです」

エルザの先導に従って俺は王都の道を歩いていく。

王都の居住区は大きく二つに分かれている。

貧しい者や中流層の者たちが集まる住宅街。そしてもう一つは、選ばれた貴族階級の国民たちだけが住む貴族街だ。

まず向かったのは住宅街だった。

辺りには切妻屋根のレンガ造りの住宅が建ち並ぶ。

王都全体が巨大な石壁に囲まれており、敷地が限られていることもあるからか、住宅は横ではなく縦に伸びたものが多い。

それらの住宅は道路に面した土地に無計画に建てられていて、せり出した屋根が道路に暗い影を落としていた。

迷路のようになっている場所もある。

「父上。住宅街の空き家はここです」

エルザが立ち止まったのは三階建ての家の前だった。

「立派な家じゃないか」と俺は呟《つぶや》いた。

早速、中を見て回ることにした。

居住スペースは家族四人が住むには十分な広さだ。

居間、台所、後は仕事場に使えそうな空間も確保されていた。

内見を終えると、俺は家から外に出た。

家の前には噴水のある広場があった。綺麗《きれい》な水が湧いている。幼い子供たちがその周りを楽しげに走り回っていた。

ベンチに座った老人が、杖《つえ》をつきながら、走り回る子供たちを目を細めて、微笑ましげに遠くから見守っていた。

――和やかな光景だ。

「父上。次は貴族街の物件です。行きましょう」

「ああ。そうだな」

住宅街を後にすると、貴族街へとやってきた。

貴族街へ続く入り口の門の両脇に騎士たちが立っていた。

エルザの姿を認めると、問答なしに門を通してくれた。

「へえ。貴族街には見張りがいるのか」

思わず呟いていた。

「はい。何かあれば、すぐに騎士たちが駆けつけるようになっています。なので、門前には騎士が常駐しています。ただ……」

「ただ？」

「何でもありません。行きましょう」

貴族街に立ち入ると、街並みががらりと変わった。

住宅街が無秩序に住宅が建ち並び、入り組んだ狭い迷路のようだったのに対し、貴族街の建物は整然と建ち並んでいた。

建物は縦ではなく、横に広々と伸びていた。

「物件はここです」

「ははあ……」

エルザが案内してくれた物件を目の当たりにして驚いた。

完全に豪邸だった。

二階建てのその建物は、広々とした敷地に構えられている。

中庭があり、防衛のための石塔までもが付随していた。

内装も凄かった。

チェストや寝台、食器類や調理道具、テーブル、椅子など、全ての家具が高級感に溢れた上等な代物ばかり。

内見を終えると、俺たちは家の外に出た。

「父上。いかがでしたか？」

「貴族の住居っていうのは凄いんだな」

──その時だった。

「あなた！　何をしているの!?」

耳をつんざくような声が聞こえた。

見ると、道路のところに日傘を持った貴族の貴婦人が二人いて、道に蹲《うずくま》っている少年に罵声を浴びせているようだった。

「あなた、住宅街の子供でしょう！　許可もなしに勝手に貴族街に忍び込んで！　まるでドブネズミのようね！」

「大方、泥棒に入ろうとでもしたんでしょう!?」

「ち、違います。散歩中の僕の犬が貴族街の方に入っていっちゃったから。連れ戻そうとして来ただけで……」

少年がそう呟いた時だった。

「くぅん……」

傍《そば》にあった植え込みから、茶色い毛並みの子犬が姿を現した。

「あっ！　ペロ！」

どうやら、少年が捜していた飼い犬のようだった。

「まあ！　飼い主に似て汚らしい犬！」

貴婦人のうちの一人が嫌悪に顔を歪《ゆが》めた。子犬が貴婦人の方に近づくと、彼女はいやあと悲鳴を上げて子犬を蹴飛ばした。

「キャイン！」

「な、何するんですか！」

「汚らしい犬畜生の分際で、私に近づこうとしたからです！　ここは貴族の街！　卑しい者は即刻出ていきなさい！」

「騎士たち！　来なさい！」

呼び声に応じて、騎士たちが慌てた様子で駆け寄ってきた。

貴婦人たちから説明を聞くと、少年たちに同情したような表情を見せてから、仕方なく彼らを連行していった。

俺たちが呆然《ぼうぜん》としていると、貴婦人たちはこちらに気づいた。エルザを見るなり、その表情を嘘《うそ》のように明るく塗り替えた。

「あら。エルザ騎士団長様じゃありませんか。今日は何の御用で？」

少年たちに向けていた険のある声じゃなく、上ずった媚《こ》びたような声。

とても同じ人物の発声とは思えない。

「住宅の内見のために来ていまして。こちらは私の父で。王都でいっしょに住むことになったのです」

「そうだったの。素敵なお父様ですこと」

貴婦人は「ほほほ」とおべっかを使う。

「先に住宅街の物件を見てきて、さっき貴族街の物件を見てきたところです」

「でしたら、絶対に貴族街に住んだ方がいいですわ。住宅街なんて下々の場所、エルザ様たちには似つかわしくありませんもの。それに貴族街に住んでくだされば、同じ貴族街の住民として私たちも鼻が高いですわ」

「いいえ。俺は住宅街に住むつもりです」

俺が遮るようにぴしゃりと言うと、貴婦人たちの表情が凍った。

「ど、どうしてです？」

たじろぎながら尋ねてくる。

「あなた方は俺たちがここに住めば鼻が高いのかもしれませんが、俺にとってはあなた方のような人と同じ場所に住んでいるというのは、恥以外の何物でもないからです。品性はお金では買えませんからね」

俺がそう言うと、貴婦人たちは鳩《はと》が豆鉄砲を食ったような表情をした。しばらくして恥辱に顔を真っ赤に染めていた。

しかし、エルザがいる手前、何も言えずにわなわなと震えていた。

「それでは、私たちは失礼します」

エルザは彼女たちに謝るでも、俺を咎《とが》めるでもなく、踵《きびす》を返した。

俺たちは貴婦人を残すと貴族街を後にした。

「すまなかったな。エルザ。勝手にあんなことを言ってしまって」

「いえ。私も父上と同じ気持ちです。仰《おつしや》って頂いてすっきりしました。あのような方々と同じ街には住みたくありません」

エルザはふっと微笑《ほほえ》みを浮かべた。

そうか、と俺は思った。彼女は騎士団長の座に上り詰めたが、内面は村にいたあの頃と何一つ変わっていない。

ずっと素直で真《ま》っ直《す》ぐな心のままだ。

第十二話

貴族街から住宅街へと戻ってきた。

結局、俺たちは最初に内見した物件に住むことを決めた。

三階建ての一軒家。

それでも、村の茅葺《かやぶ》き屋根の住宅に住んでいた俺にとっては豪邸だ。

家の前にある噴水広場へとやってくる。

何やら人だかりができていた。

「ん？　何かあったのか？」

「随分と盛り上がっているようですね」

俺とエルザは人だかりに近づくと、人垣の間から様子を覗《のぞ》き込む。すると、人だかりの中心にはメリルの姿があった。

魔女のような三角帽子。

可愛《かわい》らしい童顔。

肩とおへそが外気に晒《さら》された露出度の高い服装。下はスカートを穿《は》いている。奇人変人がする類の独特なファッション。

メリルは魔法で生み出した火の玉でお手玉をしていた。五つの火の玉が、ひょいひょいと両手の平の上を回る。

それを見た子供たちは笑顔で手を叩《たた》いていた。

大人たちも口笛を吹いて囃《はや》し立てている。

「ほいほいっと♪」

メリルはそれに気を良くしたのか、今度は水芸を披露し始めた。両手に持った扇子から噴水のように水が噴き出す。

日光に反射して、キラキラと飛沫《しぶき》が輝きを放っていた。

「いいぞー！」

「凄《すご》くキレイ！」

観客たちはメリルの水芸を見て歓声を上げていた。

「ふふーん。ラスト。とっておきを見せちゃうよ～」

メリルはそう言うと、頭上を見やる。

建物の屋根に切り取られた空に向かって、火の玉を放った。赤い尾を引きながら天高く舞い上がった火の玉は、ぱっと弾《はじ》ける。

激しい炸裂音《さくれつおん》と共に、赤い光の花が咲き誇った。

「「おおおお！」」

観客たちは花火を見て万雷の拍手を送った。

メリルは観客たちの感動する様子を見てにっこり満足げな表情を浮かべると、三角帽子を取って深々と一礼した。

「良かったらおひねりお願いしまーす♪」

観客たちが次々と裏返した三角帽子の中に小銭を入れていく。

ジャブジャブ。

すぐに三角帽子の中は小銭でいっぱいになった。

「やったー！　お小遣いゲットー！」

メリルは小銭の詰まった三角帽子に頬ずりしながら、

「お金ちゃん。好き好きー♪」

と愛《いと》おしげに呟《つぶや》いていた。

「……メリル。ようやく起きたのですか」

エルザが呆《あき》れ交じりに声を掛けた。

「あ。エルザ！　パパも！　おはよう〜」

「もう昼過ぎてるけどな」

俺は苦笑を浮かべた。

「さっきのは大道芸か？」

「うん。パパたちがここに来るまでの間、暇だったからー。おかげで、おひねりたっぷり貰《もら》えちゃった！」

「随分と堂に入ってたな」

「もう何回もやってるからねー。皆、ボクちゃんの魔法を見て喜んでくれるし。おひねりも貰えるし一石二鳥だよ～！」

「メリル、普通に労働するつもりはないのですか？　あなたの腕があれば、どこからも引く手あまたなのに」

「やだー。ボクちゃんは誰にも縛られたくない！　ずーっとゴロゴロしてたいもん」

メリルは駄々をこねるように言った。

「仕方のない人ですね……」とエルザは溜息《ためいき》をついた。「それより、よく私たちがここに来ると分かりましたね？」

「この前、エルザが家の候補を教えてくれたでしょ？　貴族街と住宅街なら、パパたちはきっとこっちを選ぶと思って」

「メリルは貴族街に住む方が良かったか？」

「全然。ボクちゃんはお金のこと大好きだけどー。お金を持ってるからって傲慢になる人のことは大嫌いだから♪」

メリルは甘い声で毒のある言葉を吐いた。

彼女なりの信念があるようだった。

「まあ。ボクはパパといっしょに暮らせたらどこでもいいんだけどね」

メリルは俺に抱きついてくると、「久しぶりのパパの匂い～♪」と構って欲しがる子犬のように甘えてきた。

「久しぶりって……。一週間前にも会っただろ」

メリルは週に一度は村に帰ってきていた。

Sランク冒険者兼騎士団長を務めているエルザや、ギルドマスターを務めているアンナとは違い身軽だからこそできる芸当だ。

「大変だ！　誰か来てくれ！」

じゃれあっていると、どこからか呼び声が聞こえてきた。

俺たちは顔を見合わせると、声がした方へと向かう。すると、別の噴水の前に大人の男が困ったように立ち尽くしていた。

「どうかしたんですか？」と俺が尋ねる。

「実は、この噴水を動かしてる魔導器の魔力が切れてしまったようで……。このままだと生活用の水が確保できなくなります」

見ると、噴水の台座に嵌《は》め込まれた球体状の魔導器が光を失っていた。そのせいか湧き水が止まってしまっている。

「メリル。この場合はどうすればいいのですか？」

エルザが魔導器の生みの親であるメリルに尋ねた。

「簡単簡単♪　魔導器に魔力を注いであげればいいよ」

「じゃあ、その作業は俺が引き受けよう」

俺は涸《か》れた噴水の中に入ると、台座に嵌め込まれた魔導器に手を宛《あて》がう。そして魔導器の中に魔力を注ぎ込んだ。

パァッ……！

光を失っていた魔導器が、強い光を放った。

次の瞬間――。

再び噴水から綺麗《きれい》な湧き水が起こり始めた。

「おおっ！　再び水が！」

男は快哉《かいさい》を叫んだ。

「ありがとうございました！　助かりました！」

「これくらいはお安いご用ですよ」

「あなたは……メリル様のお父様なのですか？」

「ええ。そうですが」

「メリル様が魔導器を開発してくださったおかげで、我々庶民でも魔法の恩恵を受けられるようになりました。おかげで生活の質は飛躍的に向上しました。以前までは生活用水を確保するのも困難でしたから」

男は俺の手を取ると、深々と頭を下げてきた。

「本当にありがとうございます」

「それは良かったです」

俺は笑みを浮かべると、男の人と別れた。

そして、自宅に向かって歩き出す。

「メリルの魔法の技術は、世のため人のためになってるんだな」

「ボク、えらいでしょ？」

「ああ。とってもえらいな。俺には勿体《もったい》ないくらいの自慢の娘だ」

「えへへー。撫《な》で撫でしてー」

俺はメリルの頭を優しく撫でてやった。

メリルは「むふふ～」と幸せそうな表情を浮かべていた。街の暮らしに革命を起こした天才とは思えないデレっぷりだった。

第十三話

王都の日が暮れる。

入り組んだ建物の間に、夜の闇が立ち込めていく。

メリルの開発した魔導器を使った街灯が、明かりを放っていた。

「父上。すみませんが、アンナのことを迎えに行ってあげてくれませんか？　きっと、彼女も喜ぶと思いますから」

「ああ。分かった」

俺はエルザの頼みを了承すると、アンナを迎えに行くことに。

家を出ると、住宅街を抜け、大通りにある冒険者ギルドへ。

しばらく歩くと役所のような立派な建物が見えてくる。

ここが冒険者ギルドの本拠地。

俺もかつてはこの場所に通っていた。

冒険者になった十四歳の頃から、引退した十七歳までの三年間あまり、俺はほとんどここに通い詰めていた記憶しかない。

——足を踏み入れるのは十八年ぶりになるか……。

扉を開け放ち、室内へ。

中の様子はほとんど変わっていない。

だだっ広い空間の中央には依頼書の貼られた巨大な掲示板が設置されており、冒険者はこの中から依頼を選んで奥の受付に持っていく。

受付にはギルドの受付嬢が常駐していて、依頼書を持っていくと、ランクや適性などの審査を経て受理して貰える。

受付嬢から直接任務の依頼を受けることもある。

ギルドの二階部分は酒場となっており、任務前の作戦会議であったり、任務を達成した後の打ち上げなんかに使われたりする。

――見れば見るほど、懐かしさが込み上げてくるな。

アンナの姿は……見当たらない。

表にはいないのだろうか？

書類を運んでいた受付嬢に声を掛けてみることに。

「すまない。ちょっといいかな」

「はい。何でしょう？」

「アンナはいるかな。ギルドマスターの」

「アンナさんなら、今は奥の部屋で作業してらっしゃいますよ。何かご用があるなら私が代わりに承りますけど」

「いや。仕事で来たわけじゃないんだ。アンナを迎えに来ただけで」

「迎えに来た……はっ！」

受付嬢は何かに気づいたかのように目を見開いた。あわわ、と興奮した様子で俺の顔を指さしながら彼女は叫んだ。

「あなたはもしかして――アンナさんの恋人さんですかっ!?」

――えっ？

予想外の推測に、俺は思わずずっこけそうになる。

俺がアンナの恋人？

「アンナさんってば、いつの間に恋人を……。しかもこんな素敵な大人の人を！　あの人も隅に置けませんね！」

受付嬢は「きゃー！」と一人盛り上がっていた。

「あの……俺はアンナの恋人ってわけじゃなくて。父親なんだ。今日から王都でいっしょに住むことになったから、迎えに来ただけで」

「えっ？　アンナさんのお父さんですか？」

「ああ」

俺が頷《うなず》くと、受付嬢は顎に手を置いてニヤリと笑った。

「へーっ。あなたが噂《うわさ》のカイゼルさんですか」

「噂の？　どういうことだ？」

「アンナさんが以前、話してくれたんです。私のパパはしっかり者で、とても頼りがいのある強くて素敵な人なんだって。冒険者ギルド始まって以来のスピード出世で天才美少女と呼ばれているアンナさんがそこまで言う人ですから。きっと、凄《すご》いお父さんなんだろうって皆で噂してたんですよ。なので、お会いできて光栄です」

「おいおい。それはいくら何でも褒めすぎだろ」

「ふーん。へーえ」

「なぜジロジロと見るんだい？」

「カイゼルさん。噂に違《たが》わず、素敵な人ですねっ。若々しくて格好良い！　ぽっこりお腹《なか》の私のお父さんとは大違いです！」

「はは……」

「でも、あまりアンナさんとは似てませんね？」

「――っ」

俺はその言葉を聞いて心臓が止まりそうになった。

俺とアンナは似ていない――。

それは当たり前のことだ。

なぜなら、俺とアンナは血の繋《つな》がりのある本当の親子ではないから。

「あ。美男美女ってところは似てますけど。いいなー。お母さんもきっと、とても綺麗な人なんだろうなあー」

受付嬢はうっとりとした表情を浮かべていた。

アンナの本当の母親……か。もう俺がお目に掛かることはできないが。受付嬢の彼女の言う通り美人なのだろうと思った。

グイグイと矢継ぎ早に言葉を投げかけてくる受付嬢の勢いに押されていると、ギルド中に響き渡るような怒鳴り声がした。

「どういうことだ！　おらぁ！」

な、なんだ⁉

見ると、冒険者と見られる屈強な男が、受付にいる嬢に詰め寄っていた。禿頭《とくとう》のその男のこめかみには青筋が浮いている。

目は血走り、鼻息は荒い。何やらご立腹しているようだ。

「ガルドさん。ですから。先ほどご説明した通りです」

「納得できねえって言ってんだ！　おらっ！　責任者を出せ！　責任者を！　お前みたいな下っ端だと話にならねえ！」

ドンッ！

ガルドと呼ばれた冒険者の男は――勢いよく受付を大きな拳で叩《たた》いた。受付嬢は悲鳴を上げると引っ込んでいった。

ギルド内は騒然としていた。受付嬢たちは皆、怯《おび》えた表情を浮かべている。他の冒険者たちも我関せずを決め込んでいた。

「ガルドさん。どうかされました？」

そんな中、涼しげな表情でそう言ってのける女性が一人。

奥の扉から姿を現したのは――アンナだった。

結んだおさげの髪を、左肩から垂らしている。

四年前よりぐっと大人っぽくなり、知性の溢《あふ》れる美貌をしていた。

身を包んだ制服は、受付嬢たちのものよりも高級感がある。さすがはギルドマスターといったところだろうか。

ガルドと呼ばれた禿頭の冒険者は噛《か》みつくように声を荒らげた。

「どうしたもこうしたもねえよッ！　何で俺はこの任務を受けられないんだよ！　割のいい仕事だってのに！」

「はあ……」

アンナは依頼書に目を通すと、ガルドに向かって言った。

「簡単な話ですよ。あなた、まだCランク冒険者でしょう？　この任務はAランク以上の冒険者にのみ開放しています」

「だったら、俺をさっさとAランクに上げろ！」

「それはできません。規定ですから。それに私としては、ガルドさんがこの任務を受けるのはオススメできませんね」

「ああ？　どうしてだ」

「あなたの今の実力ではきっと、任務をこなせないでしょうから。骸《むくろ》になって帰ってくると分かっている人を送り出すことはできません」

「――っ！」

逆鱗《げきりん》に触れてしまったのだろう。ガルドは目をかっと見開いた。丸太のような太い右腕でアンナの胸ぐらを摑《つか》んだ。

「てめえ！　オレ様のことをバカにしてるのか！」

受付嬢たちが悲鳴を上げた。俺は止めに入ろうとする――が、当のアンナが眉一つ動かしていないのを見て止まった。アンナは面倒くさそうに溜息《ためいき》をついた。

「はあ……。実力の伴わない人に限って、自分を過大評価したがるのよね。死ぬのは勝手だけどその責任はこっちに来るのに……」

強面《こわもて》の冒険者に胸ぐらを摑まれても物怖《ものお》じしない胆力こそ尋常じゃないが、振り払うだけの腕力は持っていない。

アンナは辺りに目をさまよわせ、俺の姿を見つけた。その瞬間、何かを思いついたのか口元に薄い笑みが広がっていった。

「そうね。じゃあ、こうしましょう」

アンナは指を立てると言った。

「あなたがそこにいる人と腕相撲をして、もし勝つことができれば、その時は今回の任務を受注させてあげます」

「ああ？　なんだこいつは」

「彼は元Aランク冒険者です。ただ、十八年前に冒険者からは足を洗っていて、かなりのブランクがあるわけです。そんな彼に力勝負で負けてしまうようなら、あなたはまだ任務を受けるには力不足ということになりますよね？」

「……オレが勝ったら、任務を受けさせてくれるんだな？」

「ええ。ギルドマスターとして約束しましょう」

アンナが頷くと、ガルドは満足げに鼻を鳴らした。

「いいだろう。──おい！　お前！　今、この小娘が言った通りだ！　オレ様の踏み台として腕相撲で勝負して貰《もら》うぜ！」

「おいおい……。俺はまだ何も言ってないぞ」

知らない間に、知らない相手と戦うことが決まっていた。

「ごめん。パパ。軽く一ひねりしちゃって」

アンナが俺の下に来ると、謝りながらそう囁《ささや》いてきた。

……まあ、娘のお願いとあらば聞かないわけにはいかないか。

それにこの男はアンナの業務を邪魔して困らせている。

だとすれば、戦う理由は十分だ。

「分かった。なら、相手をしよう」

「そうこなくっちゃなあ。……言っておくが、手加減はしないぜ？　二度と腕を使えないようにしてやるよ」

「はは。お手柔らかに頼むよ」

俺たちは酒樽《さかだる》を挟んで向かい合うと、互いに手を組み合った。

ガルドの上腕二頭筋がぐっと盛り上がる。なるほど、中々鍛えているようだ。伊達《だて》にCランク冒険者ではないというわけだな。

「では――始めっ！」

「おらあああっ!!」

ガルドが俺の方に重心を思い切り倒そうとしたが――彼の重心の動きとはまるで正反対の方向に腕は倒されていた。

「ぐあああああっ!?」

酒樽がバラバラに砕け散る。

ガルドは腕だけではなく、身体《からだ》ごと床に叩きつけられた。

悲鳴を上げながら、床の上を転げ回っている。

その腕はあらぬ方向に曲がっていた。

「すまない！　やりすぎた！　大丈夫か!?」

「はい。勝負ありっと。——これで分かったでしょ？　あなたはまだ、Aランク冒険者には遠く及ばないのよ」

アンナはのた打ち回るガルドを見て、苦笑する。

「……って、聞いてないか」

☆

「パパ。ありがとね。助かっちゃった」

「それは構わないが……。あの冒険者には悪いことをしたな」

「良いのよ。あの人、前々から受付嬢に暴力を振るったりして評判が悪かったから。たまにはお灸《きゅう》を据えておかないと」

「しかし、俺が負けたらどうするつもりだったんだ？　元Aランク冒険者とはいえ十八年もブランクがあったんだぞ」

「え？　そんなこと考えなかったけど」

アンナはきょとんとした顔で言った。

「私のパパは世界一強いんだもの。負けるわけないじゃない」

凄い信頼だ。

「一応、聞いておくけど。それはギルドマスターとしての鑑識眼によるのか？　それとも愛娘《まなむすめ》としての贔屓目《ひいきめ》によるのか？」

「ふふ。それはね――どっちもよ」

アンナはいたずらっぽく微笑《ほほえ》みかけてきた。


……それにしても冒険者ギルドで俺の名前を出された時にはドキリとしたが。誰も俺のことは覚えていないようだった。

ホッとするのと同時に、心に小さなトゲが残っていた。

仮にも俺は当時最年少のAランク冒険者だったんだ。なのに、冒険者の連中が誰も俺の正体に思い至らないのは違和感があった。

やっぱり、年月の経過は人々の記憶を風化させるのだろうか？

それとも……。

いや、考えても答えは出ないだろう。バレないに超したことはないんだ。今の俺は三人の娘たちの父親。それでいいじゃないか。

第十四話

アンナを迎えに行った後、自宅へと戻ってきた。

貴族街と住宅街の空き家に内見に行き、結局住宅街に住むことにしたという話をアンナにすると彼女はくすりと笑った。

「パパらしいわね」

そうだろうか？

「私も住宅街に住む方がいいわ。貴族街だと息が詰まりそうだもの。職場以外で面倒な人と関わりたくないし」

「アンナはこれまでどこに住んでたんだ？」

「私は冒険者ギルドの傍《そば》のアパートを借りてたの」

「悪いな。ちょっと職場までの距離が遠くなって」

「ううん。気にしないで。それにパパが毎日送り迎えしてくれるんだもの。夜道だろうが全然怖くないわ」

「え？　送り迎えを？　俺が？」

「ふふ。冗談よ。メリルじゃないんだから」

こうして笑うアンナを見ると、改めて大人になったのだなと思う。エルザと同じく村を出る前よりもぐっと綺麗《きれい》になった。

俺たちが家に入ると、エルザやメリルが出迎えてくれた。

家族が勢揃いする。

それは実に四年ぶりのことだった。

娘たちはちょくちょく顔を合わせていたようだが。

「パパ～。ボクちゃん、お腹《なか》ぺこぺこ～」

「ああ。すぐご飯にするからな」

俺は新しい台所で夕食の支度に取りかかる。

「父上。手伝いましょうか」

「エルザ。気にするな。仕事で疲れたろう。ゆっくり休んでるといい。今日は君の好きな兎《うさぎ》肉のシチューにしてやるからな」

「う、兎肉のシチュー……！」

「ねえ。パパ。パイもあるわよね？」

「ああ。もちろんだ」

兎肉のシチュー。ミートパイ。オートミールに白身魚のムニエル。

それに村で取れた野菜のサラダ。

娘たちの大好物ばかりが食卓に並んだ。

「よしできたぞ」

「す、凄《すご》く美味《おい》しそうですね……！」

「一人暮らしだと、どうしても食事が簡素なものになるから。こんなにちゃんとした料理を食べるのは久しぶりね」

「ダメだぞ。きちんと栄養を取らないと」

「そうね。パパに栄養を管理して貰わないと」

「わーい。パパの手料理だー♪」

娘たちも喜んでくれているようだ。

「それじゃ、いただきます」

「「いただきます」」

俺たちは手を合わせると、夕飯を食べ始めた。

「やっぱり父上の作る兎肉のシチューは最高です……！　これを食べると、他の料理では満足できなくなります」

「これから家に帰ったら、毎日家でパパの美味しい料理を食べられるなんて……。私たちダメ人間になっちゃいそうね」

「ボクは元々ダメ人間だからセーフ！」

「アウトでしょ」

賑《にぎ》やかな食卓だ。

娘たちが村を出てからは、基本一人で食事を取ることが多かった。やはり食事は大勢で取った方が楽しいというのを実感する。

食事を終えた頃、エルザがふと切り出した。

「父上は明日からどうなさるのですか？」

「そうだな……。取りあえずは職探しだな」

「えーっ。パパ、働いちゃうの!? 別に働かなくてもいいのにぃー。エルザとアンナのお金で食べていけるよ？」

「メリル。あなたは含まれてないのね」

「だってボク、働いてないもーん。むしょく～」

俺は苦笑を浮かべると、

「働くさ。娘に食わせて貰《もら》うわけにはいかないからな。ツテこそないが、どうにか就職先を見つけてみせるさ」

王都で職歴のない三十代となれば、選べる職は限られている。

くず鉄拾いか、肉体労働か……。

どちらにせよ娘たちを食わせるためなら何だってやる。

泥水を啜《すす》ることも厭《いと》わない。

父親として、それくらいの覚悟はできていた。

「あの。父上。そのことなのですが」

「ん？」

「騎士団の皆から、ぜひ父上に剣の稽古をつけて欲しい、と要望がありまして。騎士団の教官になってくれませんか？」

「ええ？　そりゃまた、どうして俺に白羽の矢が」

「決まってるでしょ。パパが凄腕《すごうで》の剣士だからよ」

アンナが俺の疑問に答えるように言った。

「エルザは再三、父上に剣の全てを教えて貰った、未《いま》だに私は父上に一撃も当てられないって喧伝《けんでん》しているもの。言わばパパは剣聖の生みの親よ。そりゃ騎士団の人たちからするとぜひとも指導して貰いたくもなるわよね」

「ははあ」

彼女はSランク冒険者であり、最年少で騎士団長に上り詰めた傑物。周囲からは剣聖と称されるほどの剣士だ。

そんなエルザに剣を教えたということで、俺が持て囃《はや》されているらしい。一撃も剣を当てられなかったという逸話も込みで。

……そういえば騎士たちに会った時、やけに持ち上げられていたっけ。

「なら、教官の仕事を引き受けさせて貰おうかな」

「だけど、パパには私の仕事のお手伝いもして欲しいのよね」

「手伝いっていうと……ギルドのか？」

「ええ。冒険者としてね。今、依頼が立て込んでるんだけど、人手不足で高ランクの任務をこなせる人がいないのよね。ほら、パパはAランク冒険者じゃない？　だから依頼をこなしてくれたら助かるんだけど」

「そうは言われても……。俺には十八年のブランクがあるんだぞ？」

「平気よ。さっき、冒険者ギルドでCランク冒険者を力で圧倒してたじゃない。パパはまだまだ現役で行けるわ」

「無茶を言ってくれるなあ」

「私はギルドマスターになってから数多くの冒険者を見てきたけど、パパよりも腕の立つ人は見たことがないもの」

アンナは手を合わせると、ぱちりとウインクをした。

「ねっ？　お願い！」

正直、懸念はあった。自分の正体が露見するのではないかという。だが、先ほどの冒険者たちの反応を見るに、バレる可能性は低そうだ。

「……分かった。俺が協力できる範囲でなら」

「ふふ。ありがと」

「えーっ。ダメだよ。パパはボクといっしょに大道芸をするんだから。二人でメリル一座を立ち上げてボロ儲《もう》けするの！」

「ええっ!?」

「メリル。その前にあなたはちゃんと学園に行きなさい。あんまりサボってると退学処分になっちゃうわよ」

「へーきへーき。ボクちゃん、特待生だし。魔法の発明もいっぱいしてるし。退学処分にはならないもーん」

メリルはそう言うと、俺の腕に抱きついてきた。

「だからパパ、いっしょにいよ？」

「はは……」

俺はメリルに言い寄られて苦笑いを浮かべた。

王都に来た初日。

職探しは困難を極めるかと思っていたが、娘たちや王都の人たちに頼まれて、明日から早速忙しくなりそうだ。

第十五話

「――はあっ！」

エルザの繰り出した木剣の先端が、俺の胸を打ち抜こうと迫ってくる。

音を置き去りにするほどの速さと威力。

俺はその剣筋を目で捉えると、素早く木剣で払った。

「まだまだあっ！」

エルザは矢継ぎ早に疾風怒濤《しっぷうどとう》の剣捌《けんさば》きを繰り出してくる。

まるで同時に何本もの剣を振るっているかのようだ。

俺はそれら全てを見切ると、冷静に弾《はじ》いていく。

騎士団の練兵場。

騎士団の者たちを鍛えるための教官として招かれた俺は、彼らの要望によってエルザと模擬試合をすることに。

要するに――

『剣聖と称されるエルザ騎士団長と、その騎士団長に剣を教えたカイゼル殿の戦いを一度見てみたいです！』

ということらしかった。

俺もエルザとは長い間、剣を交えていなかったので了承した。

しかし――。

「おい。お前、二人のやり取りが見えるか……？」

「ま、全く見えない……。速すぎるだろ……！」

「エルザ騎士団長の怒濤のラッシュたるや。さすがはSランク冒険者だ。しかし、カイゼル殿はその全てを完璧に防いでいる……！」

「あの二人、常軌を逸した強さだぞ……！」

騎士たちは全く俺たちの動きに付いてこられなかった。繰り広げられる互いの剣技を前にただ呆然《ぼうぜん》としている。

「――今度こそっ！」

エルザは裂帛《れっぱく》の気合いと共に渾身《こんしん》の一撃を放ってくる。

速さも、威力も、大したものだ。

村にいた頃からは比べものにならないほど成長している。毎日休むことなく、剣の鍛錬を重ねてきた成果だろう。

Sランク冒険者になったというのも頷《うなず》ける。

だが――。

父親としてはまだ娘に負けるわけにはいかない。

俺はエルザが一撃を放った後の一瞬の隙を見計らい、反撃に転じた。

胴に向かって振り下ろした木剣を、エルザが木剣で受ける。——だが、彼女の持つ木剣は衝撃に耐えきれずに砕けた。

「——っ!?」

「勝負あり、だな」

俺は緊張を解くと、口元に笑みを浮かべる。

「木剣だったから砕けたけど、真剣だったらほとんど互角だったな。エルザ。見ない間に随分と強くなったじゃないか」

「……さすが父上です。月日を経てもまるで腕は落ちていませんね。それどころかむしろキレが増しているくらいです」

「日頃の鍛錬は欠かさずにしているからな」

「……結局、私はまた父上に一撃すらも当てることができませんでした。今日こそはと意気込んでいたのですが」

エルザは悔しげに呟《つぶや》きながらも、どこか表情は嬉《うれ》しそうだった。俺の剣の腕がまだ健在だということを喜んでいるのか。

「もう少しくらいは、俺はエルザにとっての越えるべき壁であり続けるさ。まあ、父親としての意地みたいなもんだな」

もっとも、後何年持つかは分からないが。

間を置いて、騎士たちから割れんばかりの拍手が起こった。

「な、なんだ？」

「カイゼル殿、凄《すご》かったです！　感動しました！」

「剣筋は全く見えませんでしたが、感銘を受けました！　いやほんと、何が起こったのかは全く分かりませんでしたが！」

「我々にもぜひ、剣のご指導をお願いします！」

彼らはキラキラと尊敬の眼差《まなざ》しで俺を見ていた。

……そんなに感動するような要素があっただろうか？

俺が首筋をこりこりと掻《か》いて戸惑っていると――。

「父上。私からもお願いします。彼らに剣の指導をしてあげてください。それがひいては国力の上昇にも繋《つな》がりますから」

とエルザが言ってきた。

「そうだな。他ならぬエルザの頼みだ。引き受けよう」

「「おおおっ！」」

騎士たちから歓声が上がった。

「カイゼル殿に鍛えて貰《もら》えば、俺たちも剣聖になれるぞ！　そうなれば、出世はできるし女の子にモテまくりだ！」

「これで陰キャから陽キャのウハウハ人生を送るんだ！」

「エルザ騎士団長にも振り向いて貰えるかも！」

……動機が不純な者が多いな。

まあ、ある意味人間らしいが。

俺は苦笑を浮かべると、騎士団の面々の前に立った。

「じゃあ。今日から俺が君たちの剣の指導をさせて貰う。ビシバシいくから、しっかりとついてきてくれ」

「「はいっ！　頑張ります！」」

「良い返事だ。まず、そうだな……ウォーミングアップとして、鎧《よろい》を着たまま街中を五十周してきて貰おうか」

「「えっ!?」」

騎士たちの間に動揺の声が広がった。

「はは。さすがカイゼル殿。面白い冗談を仰《おっしゃ》るのですね。こんな重い鎧を着たまま、街中を五十周してこいだなんて」

「いや。冗談じゃない。俺とエルザは村にいた頃、これくらいの鍛錬は当たり前のようにこなしていたぞ?」

「…………」

「ほら。行った行った」

俺はパンパンと手を叩《たた》いて騎士たちを促す。

「おいおい。マジかよ」

「冗談じゃないだって……!?」

騎士たちは引きつった表情をしながら、しかし結局は走り出していった。

ガシャガシャと鎧の音が甲高く鳴り響いていた。

数時間ほどして、騎士たちが死にかけた顔で戻ってきた。ゴールに辿《たど》り着くなり、糸が切れたように倒れ込んだ。

皆、仰《あお》向《む》けになってぜえぜえと息を荒げている。

「皆。よく頑張ったな」

俺は皆に労《ねぎら》いの言葉を掛ける。

「よ、よかった。やっと終わった……」

「これで俺たちも剣聖になれるんだ……。陰キャ非モテ騎士から、陽キャモテモテ騎士に生まれ変われる……!」

「じゃあ、この後は筋トレに移ろうか。腕立て、腹筋、背筋を五百回ずつ。その後は剣の素振りを千回だな」

「「──っ!?」」

　騎士たちの顔が引きつった。

「父上！　ちょっと待ってください！　お言葉ですが、初日からこのトレーニングの量というのはどうかと思います！」

　エルザが俺にそう声を掛けてきた。

「え、エルザ様……」

「そ、そうだよな!?　さすがにやりすぎだよな……？」

「私たちが村にいた頃は、この倍のメニューはこなしていましたよね？　これでは物足りないのではないですか？」

「「──っ!?」」

「いや、最初からいきなりハードな鍛錬をするとキツいだろ。だから、最初は軽めにして徐々に慣らしていこうかと」

「なるほど。そういうことでしたか」

　俺たちは互いに微笑《ほほえ》みを交わし合う。

「こ、これが軽めだって……!?」

「カイゼル殿とエルザ騎士団長は、村にいた頃は、これ以上の鍛錬を毎日のようにこなしていたというのか……!?」

「ば、化け物親子だ……!」

「剣聖は才能だけじゃなく、努力の量も桁違いだったのか」

騎士たちが戦慄したように呟いていた。

第十六話

騎士団の指導を終えた時、騎士たちは皆、完全に力尽きていた。きっと、明日は筋肉痛でのた打ち回ることになるだろう。

だが、毎日続けていれば確実に強くなるはずだ。

俺は騎士団の練兵場を後にすると、冒険者ギルドへと向かった。アンナから力を貸して欲しいという要請を受けていたからだ。

扉を開けると、ギルドの建物内に入った。

多くの冒険者たちで賑《にぎ》わっている。職員たちも忙しそうだ。今日も様々な町村から依頼が舞い込んでいるのだろう。

「あ！　アンナさんのお父さん！」

金髪の受付嬢が声を掛けてきた。

「君はこの前の……」

「モニカですっ！」

金髪の受付嬢――モニカはえへへと笑うと続けた。

「カイゼルさん！　見てましたよー。この間のガルドさんとの腕相撲！　どかーん！　ばしーんって感じで凄かったです！」

「はは。ありがとう」

「ガルドさんは私たちに当たりが強くて、嫌われてましたから。カイゼルさんがぎゃふんと言わせてくれてすっきりしましたよ～！」

「それは良かった」

「今日は何のご用ですか？」

「アンナに呼び出されてね――っと。いたいた」

「パパ！　ちょうどいいところに！」

奥にいたアンナは俺の姿を見ると、表情をぱあっと明るくした。ちょいちょいと手招きされた俺は言われるがまま近づいた。

「どうかしたのか？」と尋ねてみる。

「どうしたもこうしたもないわよ。本当に人手が足りなくって。パパにお願いしたい任務があるんだけど」

「頼みたい任務？」

「そう。Bランクの任務。さっき緊急で舞い込んできたんだけど、今この任務を受注できる冒険者は軒並み出払っちゃってて。残りの候補の冒険者に声を掛けたんだけど、割に合わないからってすげなく断られたの。今日中に討伐しないと、出現したオーガが付近の村を襲って被害が出ちゃうかもしれないっていうのに」

アンナは苛立《いらだ》ち混じりにバリバリと髪を掻きむしった。

「ああもう！　高ランクの任務を受けられる冒険者って数が少ないし、我の強い自己中な連中ばかりで嫌になる～！」

……苦労してるんだなあ。

俺は元冒険者だから、アンナの気持ちは痛いほど分かる。

冒険者は基本、プライドが高い奴《やつ》が多い。その上、変人揃《ぞろ》いだ。高ランクになればなるほどその傾向は強くなる。

エルザのように真面目な高ランク冒険者はかなり珍しい。

「分かった。そういうことなら、俺がその任務に赴くよ。放っておいたら、村の人たちが襲われるかもしれないからな」

「さすがパパ！　助かるわ！」

アンナは手を合わせて表情を華やがせた。

「それじゃ、諸々《もろもろ》の手続きはこっちでしておくから。よろしくね！　はい。村までの地図を渡しておくわ」

「ああ。結構、近隣の村なんだな」

俺は地図を見てから言った。

「これなら夕飯までには帰れそうだ」

「ええ。気をつけてね」

「ちょちょちょっ！　待ってください！」

割って入ってきたのは先ほどの、金髪の受付嬢だった。

「どうしたの？　モニカちゃん」とアンナ。

「カイゼルさん、一人で任務に向かうんですか!?　オーガの討伐任務ですよ!?　普通は数人がかりじゃないですか！」

「そうは言ってもねえ。人手が足りないし」

「無茶ですよぉ！　アンナさん、お父さんのことが大事じゃないんですか!?　実は恨みを抱いていたりとか!?」

「モニカちゃん何言ってるの。私がパパに恨みなんて抱くわけないじゃない」

「だとしたら、余計にありえないですよっ！　一人はムリですって！　せめて後もう三人くらいは付けないと！」

「あのね。パパは強いから一人でも大丈夫よ。ねえ？」

アンナは俺に目配せをしてきた。

「まあ。任務に絶対はないけどね」

「カイゼルさん。娘のアンナさんの前だからって、虚勢を張って。うぅ。せめてご冥福を祈らせてください……！」

「勝手に殺さないでくれるかな？」

俺は苦笑すると、冒険者ギルドを後にして任務に向かった。

☆

アンナに貰《もら》った地図を参照しながら、オーガの目撃情報があった村に向かう。

村に辿り着くなり、村人たちに話を聞いてから、奴が出没するという近隣の山の中へと踏み入った。

気配を探りながら木々の間を掻《か》き分ける。

十分もしないうちにオーガに出くわした。

頭頂部に二本の角を生やし、岩山のように屈強な肉体を有している。目には理性の光は見受けられない。殺気に満ちていた。

――よし。これなら夕飯までには帰れそうだ。

俺は腰に差していた剣を抜くと、オーガの前に躍り出た。奴は俺を認識すると、内側に秘めた殺気を雄叫《おたけ》びとして発露させた。

「グガアアアアアアアア!!」

☆

日が暮れかけた頃、俺は再び王都の冒険者ギルドへと戻ってきた。

「あっ！　カイゼルさん！　帰ってきた！」

モニカが慌てた様子で駆け寄ってくる。

「ふふーん。カイゼルさん。さては逃げ帰ってきたんですね？　オーガに一人で挑むのが怖くなったんでしょう！」

訳知り顔になったモニカは、俺の肩をぽんと叩いた。

「恥じることはないですよ。命あっての物種ですから。ちゃんと人員を集めて、万全を期してから再出発しましょう」

「失敗した前提で話されてるし……」

俺が苦笑を浮かべていた時だった。

「パパ。おかえり。早かったわね」

「思いの外、早くオーガと出会えたんでね。——ほら、これがその角だ。倒すより解体するのに時間が掛かった」

俺は腰に下げていた革袋から、二本の角を取り出した。

オーガの頭頂部に生えていたものだ。

「うえええええ!?」

角を見たモニカは飛び上がりそうなほど驚いていた。

「カイゼルさん、本当にオーガを倒しちゃったんですかっ!?　たった一人で!?　というかこの短時間で!?」

「だから言ったでしょ?　パパは強いって」

アンナは得意げな表情をしていた。

「あわわ……。アンナさんのお父さん、本当に凄《すご》い人だったんですね……」とモニカは口をエサを待つ鯉《こい》のようにパクパクとさせていた。

「今までバカにしててごめんなさいっ!」

「いや、バカにしてたのかよ」

俺は思わず苦笑いした。

何にせよ、父親として娘の役に立てて何よりだ。

第十七話

俺たち家族の朝は、王都の一般的な人よりも早い。

娘たちの中で最初に目覚めるのはエルザだ。

まだ日が昇りきらない、夜の残滓《ざんし》が残った頃に布団から起きてくる。

彼女は朝の鍛錬を日課としている。村にいた頃から一日も欠かしたことはない。それが今の強さを支えているのだろう。

次に目を覚ますのはアンナだ。

彼女は朝食までの間、王都の新聞全紙を読み込んでいる。

ギルドマスターとして世の中の動きに目を配る必要があるのだろう。たゆまぬ努力が彼女の今の地位を築き上げたのだ。

ちなみに俺はと言うと——。

娘たちよりも前に起きている。朝食の支度があるからだ。娘たちが今日も一日、元気に活動できるよう腕によりを掛ける。

そして、最後に起きるのはメリルである。

エルザが日が昇る前、アンナが日が昇ると同時に目覚めるとするなら、メリルは日が昇りきった後もまだ布団の中だ。

　エルザとアンナが出勤した後、俺はメリルの布団に向かう。

「ほら、メリル。そろそろ起きろよ」

「んにゃ～。もうちょっと……。後十分だけ～」

「その問答、二時間前から繰り返してるんだが？　朝食も作ってあるんだ。早く起きて食べないと冷めちゃうぞ」

「パパ。ボク、口を開けてるから食べさせて～」

「おいおい……俺はメリル専属の介護士じゃないんだぞ？」

　いや、実質そんな感じだけれども。

「このままだと、魔法学園に遅刻するぞ」

「今日は良いお天気だからお休みする～」

「なら、雨の日なら行くのか？」

「雨の日は濡《ぬ》れて風邪引いちゃうからお休みする。雨にも負ける。風にも負ける。そんな人にボクちゃんはなりたい……」

「結局、どの日も行かないじゃないか！」

　はあ、と俺が溜息《ためいき》をついていた時だ。

　コンコン。

玄関の扉がノックされる音が響いた。

「はい？」

扉を開けると、玄関先には大人の女性が立っていた。

結った髪を纏《まと》めたメガネのクール美人。学園のものらしき制服に身を包んでいる。いかにも生真面目という感じの人だ。

「えーっと。あなたは……？」

「初めまして。私、イレーネと申します。魔法学園の講師を務めています。こちらメリルさんのお宅で間違いないですか？」

「はい。メリルは俺の娘ですが」

「というと……」

「俺はメリルの父親です。カイゼルと言います」

「そうでしたか。見た目がお若いから、お兄さんかと思いました。カイゼルさん。お噂《うわさ》はかねて聞いておりましたよ」

「噂……ですか？」

「はい。メリルさんがよく話しておりました。大好きなパパがいる。将来は絶対にパパと結婚するんだと」

「はは……」

メリルの奴《やつ》、そんなことを吹聴《ふいちょう》していたのか。

「それでイレーネさんはどうしてうちに？」

「サボり魔のメリルさんを迎えに参りました」

「そういうことでしたか」

俺は得心すると、室内の方を振り返って呼びかけた。

「メリル。魔法学園の先生が迎えに来てるぞ」

「ボクはいないって言ってー」

「聞こえていましたよ、メリルさん」

「うひゃあ!?　びっくりしたぁ!?」

いつの間にか枕元に立っていたイレーネに、メリルは驚き跳ね起きた。よれたパジャマの肩口がずれて右肩が覗《のぞ》いていた。

「さあ、学園に行きましょう。特待生であるあなたには登校する義務があります。行くと言うまでは帰りませんよ？」

「いーやーだ！　ボクは学園には行かないもん！」

「なぜですか？」

「せっかくパパといっしょに暮らせるようになったんだから。学園に行ったら離れ離れになっちゃうでしょ!?」

メリルは俺の傍《そば》に来ると、腕にぎゅっと抱きついてきた。

「ボクはパパと一日中いっしょにいるのー！」

「とんだファザコン娘ですね」

イレーネは呆《あき》れたようにメガネのブリッジを持ち上げた。

親の俺としては、すみませんと平謝りをする他なかった。

イレーネはしばらく顎に手を当てて考え込んでいた。そして、ふと何かを思いついたかのように言った。

「では、こうしましょう」

「ん？」

「メリルさんはお父様と離れ離れになるのが嫌なのでしょう？　であれば、お父様が学園にいれば登校するということですね？」

「「えっ？」」

俺とメリルは揃《そろ》って声を漏らした。

「イレーネさん。それはいったい……」

「カイゼルさん。魔法学園の講師になってくださりませんか？　そうすればメリルさんも学園に通うと思うので」

「こ、講師ですか？」

「もちろん。相応の給与はお支払いいたします。魔法の実力は問いません。最低限、魔法を行使さえできれば大丈夫です」

「一応、魔法の心得自体はありますが」

「では、問題ありませんね。失礼ですがカイゼルさんは今、お仕事は何を？」

「定職にはついていませんが……。騎士団の教官と、冒険者を少々」

「なるほど。でしたら、非常勤講師という形で勤務をお願いします。それなら他のお仕事もできるでしょうし」

イレーネはそう言うと、

「どうでしょう？　受けて頂けませんでしょうか」

「うーん……」

「パパが講師になるの？　だったら、学園でもイチャイチャできるね！　それならボクも学園に通っちゃうかも！」

メリルは弾んだような声でそう言ってきた。

「メリルさんもこう言っていることですし」

イレーネはこれ幸いとメガネを光らせながら押してきた。

「分かりました。非常勤講師のお仕事、受けさせて貰《もら》います」

それでメリルも学園にちゃんと通うのなら。

「ご協力して頂いて助かります。講師業ですが、基本的には常任の講師の傍にいてくださ
れば問題ありません。ただ、魔法学園ですから。魔力を持たない者が長時間いると、体調
に異変を来してしまう場合があります。なので、カイゼルさんが魔力をお持ちかどうかは
一応チェックさせてください」
「分かりました」
「では、この水晶に手を触れてくださいますか？　魔力を持つ者であれば、その魔力量に
応じて光を放ちますので」
イレーネは取り出した水晶玉を、俺の前に差し出してきた。
俺は水晶玉に両手で触れた。
水晶玉は魔力を感知して光を放ち出す。
中心に生まれた光は瞬く間に玉全体に広がった。
「えっ!?　な、何という光の強さ……！　信じられない！　この魔力量は——私や他の講
師たちを遥《はる》かに凌《しの》いでいる……!?」
イレーネは信じられないものを見る表情をしていた。
「カイゼルさん！　至急、学園までご同行願えますか!?　あなたのことを、一度学園長に
紹介しておきたいので！」
「え？　あ、はい」

俺は急遽《きゆうきよ》、魔法学園に向かうこととなった。

第十八話

イレーネに連れられて、魔法学園へとやってきた。
メリルもいっしょに付いてきた。
「パパが行くなら、ボクも行くー♪」ということらしい。
魔法学園は王都の中心部にあった。
広大な敷地内に、立派な校舎が建っている。
豪奢《ごうしゃ》な彫刻の施された門を潜《くぐ》り、学園内へと足を踏み入れた。
校舎内の教室では授業が行われていた。
本校舎の四階にある学園長室の前に辿《たど》り着く。
イレーネが扉を二回ノックした後、両開きの扉を開いた。
室内は落ち着いたデザイン。
応接用のテーブルが手前にあり、奥には仕事用の長机が置いてある。
その長机の椅子に小さな女の子が座っていた。
棒付きの飴《あめ》を咥《くわ》えながら、ふんぞり返っている。
明らかに見た目は十歳ほどの幼女だが……。

「彼女は我が学園の学園長、マリリンさんです」

イレーネ曰《いわ》く、学園長らしい。

本当に幼女なのか、それとも魔法の力でその姿を保っているのか。腕のある魔法使いの中には、そういう芸当ができる者もいる。

俺も一応、容姿を多少変えている。

……本当に幼女なら、それはそれで驚きだが。

「イレーネ。そこにいる馬の骨は誰じゃ？」

「メリルさんのお父様――カイゼルさんです。メリルさんを学園に通わせるために、学園の非常勤講師になって貰おうと。私の一存で決めることはできないので、学園長の許可を得ようと思い同行して頂きました」

「ふうむ……」

学園長――マリリンがじろじろと俺のことを眺め回す。

「実はカイゼルさんの魔力量を計測したのですが、私や他の講師陣を凌ぐほどの魔力量を有しているようでして……」

「こやつが只者《ただもの》でないことはすぐに分かったわい。イレーネが儂《わし》を学園長だと紹介してもさほど驚くことはなかった。大したものじゃ。並の人間であれば、こ、この幼女が学園長ですかあ!?　みたいなしょーもないリアクションをするものじゃからな。自分の認識に枷《かせ》を設けていないのは一流の証拠じゃ」

マリリンはにやりと笑うと口を開いた。

「お主。学園の講師になるそうじゃな」

「ええ、まあ学園長に許可して頂けるのであれば」

「魔法はどの程度使える？　五大魔法は？　火・水・風・土・雷属性の内いくつの魔法を習得している？」

「五大魔法は一応、全て習得しています」

「なっ――!?」

イレーネはメガネの奥の目を見開いた。

「一つ習得していっぱしの魔法使い、三つ習得して一流の魔法使いと称される中で、五大魔法の全てを……!?」

「ボクに魔法を教えてくれたのはパパだからねー♪」と俺の腕に抱きついていたメリルが誇らしげに言葉を紡いだ。

「この学園始まって以来の天才であるメリルさんに魔法を教えた……？　カイゼルさんはそれほどの使い手……!?」

イレーネは狼狽《ろうばい》を隠しきれないように言った。

「しかし、風の噂《うわさ》では、あの騎士団長エルザさんに剣を教え込んだのも、カイゼルさんだとお聞きしましたが……？」

「そうだよ♪　パパはボクに魔法を教えてくれて、エルザに剣を教えてたの。パパは剣も魔法もできるんだよ～」

「この方は王都の誇る二人の天才を生み出したというのですか……！」

「なるほど。講師になる素養は十二分にあるということじゃな。すでに二人の育成に成功しているのだから」

マリリンは口元に薄笑みを滲《にじ》ませる。

「――せっかくじゃ。お主の魔法を儂たちに見せてくれるかの。何、緊張するな。ほんの戯れみたいだものだ」

☆

俺たちは演習場へとやってきた。

俺の目の前には――デコイのような的が立っていた。

それは魔法を吸収し、その威力を数値化することができるらしい。

マリリンは腕組みしたまま俺に言った。

「ただ魔法を見るだけではつまらん。何か応用魔法を見せてくれカイゼルよ。お主の魔法の中で、一番威力に自信のあるものをぶっ放してみい」

「一番威力に自信がある魔法ですか……」

さて。どうしたものか。

「パパ～ 頑張れ～♪」

「このイレーネ。あなたの魔法を見て勉強させて頂きます！」

メリルとイレーネが俺のことを見守る。

よし。これにしよう。

俺は披露する魔法を決めると、的の正面に向き合った。

相手は的なので動くことはない。なので、普段なら無詠唱で放つところだが、より威力を高めるために詠唱をする。

「灼熱《しやくねつ》の業火たる焔《ほむら》よ、我が手に集い、全てを滅ぼせ！」

右手を的に向けて掲げる。

「アブソリュート・バースト！」

その瞬間——集約された焔が大爆発を起こした。

的の周りの地面がクレーター状に大きく抉《えぐ》り取られる。砂煙が晴れた時、さっきまであったはずの的が消滅していた。

「なっ……!?」

思わずメガネがずれるほどイレーネは驚いていた。

「ほう。的ごと吹き飛ばしてしもうたか」

マリリンは不敵な笑みを浮かべる。

「それも今のは爆裂魔法――火魔法の応用じゃな。大したものじゃ。一講師のレベルを遥かに超えておる」

「パパは合格？」とメリルが尋ねた。

「もちろん。非常勤講師どころか、常勤講師になって欲しいレベルじゃ。カイゼルよ。今、他の仕事は何を？」

「騎士団の教官と冒険者です」

「ほう。騎士団の教官か。いくら貰《もら》っておる？」

「えっ？」

「謝礼じゃよ。謝礼。うちの学園はその三倍を出そう」

「さ、三倍ですか!?」

「優秀な人材を確保するためには金は惜しまん。お主ほどの逸材、騎士団の連中にくれてやるには勿体《もったい》ないのでな」

マリリンは俺のことを買ってくれているようだった。

結局、常勤ではなく、非常勤講師になることにした。

週に二日か三日の勤務。

それでも報酬額は破格のものだった。

下手すれば常勤の講師よりも貰っているのではないか。

マリリンには常勤講師を薦められた。提示された額は目を丸くするほどだった。三ヶ月で家が建つレベル。

なのに非常勤を選んだのは、娘たちのことがあるからだ。

俺が常勤講師を断った時、理由を訊《き》かれた。

報酬面で不満があるなら言い値で雇おうとも。

「お金の問題じゃないんです。これは俺の信念の問題です」

俺はマリリンに向かってそう答えた。

エルザに頼まれた騎士団の指導をないがしろにすることはできない。

それに冒険者としても動けるだけの時間の余裕は確保しておかないと。アンナの仕事の手助けをすることもできなくなる。

「なるほど。金よりも義理や人情を優先するか。ますます気に入ったわい」

俺の返答を聞いたマリリンは、口元の笑みを深めた。そしてそれ以上、引き留められるようなことはなかった。

こうして俺は三つ目の職を手に入れることになった。

第十九話

魔法学園を後にすると、自宅へと戻ってきた。

日が暮れて騎士団の仕事から帰ってきたエルザと、魔法学園から帰ってきたメリルと共に夕食を楽しく食べた。

アンナは忙しくて帰れそうにない、と朝に聞いていた。

冒険者ギルドで残業しているのだろう。

俺は食事を終えると、冒険者ギルドへと迎えに行った。

夜も更けたギルド内では、冒険者たちの姿は見当たらなかったものの、職員たちが未《いま》だに忙しく働いていた。

「あーん。過労死しちゃいますよぉ」

受付嬢のモニカが大声で泣き言を漏らしていた。

「ギルドの受付嬢になったら、毎日定時に帰れて、お給料もたくさんで、イケメン冒険者と結婚できると思ったのにぃ！」

「モニカちゃん。ありもしない夢を見る前に、手を動かしなさい。そうじゃないと日付が変わる前に帰れないわよ」

「ひぃーん！」

「二人とも、お疲れさま」と俺は声を掛けた。

「あっ！　カイゼルさん！」

「パパ。どうしてここに？」

「アンナが残業してるっていうから、様子を見に来たんだ」

「ありがと。でも、それならただ待ってるっていうのも退屈でしょ？　はいパパ。この書類を纏《まと》めておいてくれる？」

「えっ？」

「猫の手も借りたい状況なの。お願い」

「カイゼルさん！　私からもお願いしますっ！　このままじゃ、朝まで仕事場にいることになっちゃいます！」

　アンナとモニカが手を合わせて頼み込んでくる。

「まあ。そういうことなら。……でも、大丈夫なのか？　ギルドの職員じゃない俺が書類仕事を引き受けても」

　守秘義務的な意味で。

「問題ないわ。この冒険者ギルドの責任者は私だもの。それにパパが機密情報を他の人に流すなんてあり得ないから」

信頼してくれているようだ。

俺はアンナから書類を受け取り、事務仕事に取り組むことに。人手が増えたことにより日付が変わる前に片付いた。

「終わったぁ～」

モニカが大きく伸びをしながら言った。

「カイゼルさんがいてくれて助かっちゃいました。書類仕事もできるんですね！　冒険者だからがさつだと思ってました」

「ふふ。パパは何だってこなせるもの。それより、せっかく仕事が片付いたことだし少し飲んでいかない？」

「いいですね！　おごりなら行きます！」

アンナの誘いに、モニカが元気よく答えた。

「現金な子ね。パパはどう？」

「ああ。娘からの誘いだ。もちろん付き合おう」

「決まりね！　行きましょ」

俺たちは冒険者ギルドを後にすると、通りにある酒場へとやってきた。

中は職業人や冒険者たちで賑《にぎ》わっている。

俺たちは奥にあるテーブルに陣取ると、酒や料理を注文した。少しすると、テーブルの上は酒や料理がずらりと並び賑やかになった。

「モニカちゃん。パパ。今日一日、ご苦労さま」

「「かんぱーい」」

俺たちは杯を合わせると、エールをぐいっと呑《の》んだ。苦く冷たい液体が、喉元を抜けて五臓六腑《ごぞうろっぷ》へと染み渡る。

「しかし、娘と酒を酌み交わす日が来るなんてなあ……」

しみじみと呟《つぶや》いた。

この世界では十六歳から酒を飲むことが許される。

思えば時が流れたものだ。

「そういえば、モニカちゃんはアンナのことをさん付けで呼んでるみたいだけど。アンナよりも年下なのか？」

「ふっふっふー。カイゼルさん。私、いくつに見えます？」

「十六くらい？」

「当たりです！　私、ギルドの中でアンナさんの次に若いですから。アンナさんには懇意にして貰ってるんです」

モニカは「ねーっ？」とアンナに微笑《ほほえ》みかけた。

「そうね。主に仕事の尻ぬぐいの面でね」

「お手厳しい！」

モニカはたはー、と自分の額をぺちんと叩《たた》いた。

「まあ、ギルドの中で一番仲が良いのはモニカちゃんよね。他の人は、私のことを快く思ってない人ばかりだから」

「そうなのか？」

「ええ。私、史上最年少のギルドマスターだもの。出る杭《くい》は打たれるっていうけど、妬《ねた》みや嫉《そね》みが凄《すご》いの」

「大丈夫なのか？」

「ふふ。心配してくれてありがと。もう慣れたから」

アンナはくすりと微笑んだ。

「それより、毎日舞い込んでくる膨大な依頼を捌《さば》いて、一癖も二癖もある冒険者の相手をすることの方が大変よ」

「ほんと、殺人的ですよねえ」

モニカが同情的に呟いた。

「アンナさんがギルドマスターだから、まだどうにかなってますけど。前のマスターだと破綻してますよ」

「激務のせいで息抜きをする時間もほとんどないし……」

「そうですよねえ。私の同年代の子たちは、皆、恋人を作って楽しそうですよ。私も素敵な恋がしたいなあ」

モニカは頬杖《ほおづえ》をついたまま、溜息《ためいき》をついた。

「カイゼルさん。アンナさんは凄くモテるんですよ」

「えっ？　そうなの？」と俺は尋ねた。

「はい。よく冒険者の人に口説かれてますもん」

「そうなのか……」

「あっ！　カイゼルさん。凹《へこ》んでます？　そりゃそうですよねえ。自分の大切な娘がどこの馬の骨に取られるなんて」

「べ、別に凹んではいないぞ!?　アンナも年頃だからな。恋人の一人や二人いても別におかしな話じゃない」

俺は慌てて弁解した。

ウソだった。本当に恋人がいたら凹んでしまう。

「俺はただ、アンナが変な男に引っかかってないか心配なだけだ。アンナを不幸にする奴《やつ》は絶対に許さない」

「おおーっ！　親バカ魂に火がついてますね！」

アンナを泣かせる奴は許さない。

娘たちには幸せな家庭を築いて欲しいものだ。

「ヒートアップしてるところ悪いけど。私、誰とも付き合ってないから。冒険者からよく口説かれるのは事実だけど」

「えっ？　そうなのか？」

ちょっとホッとする自分がいた。

「どうしてあしらっちゃうんですか？　勿体《もったい》ない！　せめて一度デートでもしてから決めれば良いのに！」とモニカが言った。

「幼い頃からずっと、パパの姿を見て育ってきたから。それと比べるとどの人も頼りなく見えちゃうのよね」

「アンナさん。酔うとよく言ってますもんね。もし自分が結婚するのなら、パパみたいな人じゃないと嫌だって」

「そうよ。パパと同じくらい強くて、パパと同じくらい頼りがいがあって、パパと同じくらい優しい人じゃないと」

「でも、カイゼルさんって、エルザさんに一度も負けたことないんですよね？　そんなに強い男の人なんて王都にいませんよ」

「ええ。知ってるわよ。パパみたいな男の人なんていないって」

アンナはぶつぶつと呟くと、不意に俺の目を見つめてきた。

「ねえ。パパ。私、このままだと誰とも結婚できなくて行き遅れてしまうかも。だから責任を取って私と結婚してよ」

「おい、アンナ。お前、顔が赤いぞ？　酔ってるのか？」

「ふふ。酔ってるわよ。酔ってないと、こんなこと言わないもの」

　アンナの目はとろんとしていた。

「メリルがいつもパパのこと大好きだって触れ回ってるけど……。口にしないだけで私も同じくらい好きなんだから……」

「アンナ……」

　アンナはテーブルの上に組んだ腕に頭を乗せると、

「すぅ……」

　と寝息を立て始めた。

「あらら。アンナさん、寝ちゃいましたね」

「仕方ないな。俺が家までおぶっていくよ」

「私、アンナさんがあんなに誰かに甘えてる姿、初めて見ました。職場ではずっとクールなイメージでしたから」

「そうなのか？」

「アンナさん、本当にカイゼルさんのことが大好きなんだなあ……。確かにカイゼルさん格好良いですもんね！」

　モニカがニコニコしながら言った。

「じゃあ、お会計しましょうか」

「そこまで言われたら、モニカちゃんを割り勘で帰すわけにはいかないな」

「やったっ！　作戦成功！」

「はは。これは一本取られたよ」

　俺は支払いを済ませると、アンナをおぶったまま外に出た。

　モニカを送ってから、自宅の方向へと歩き出す。

「……ねえ、パパ。好きよ」

　背中に乗ったアンナが、寝言のようにぽつりと漏らした言葉。

　それを聞いた俺は思わず苦笑を浮かべてしまう。

「ったく。弱ったな」

　親としては、娘が親離れできていないことを危惧するべきなのだろう。けれど娘に好きと言われて悪い気はしなかった。

第二十話

騎士団の者たちが鍛錬に励む練兵場。

俺は教官として騎士団の面々に剣の指導をしていた。

「じゃあ、次は素振りを千回だ。ただ闇雲に振っているだけじゃ上達しない。相手の動きをイメージしながらだ」

「「せ、千回⁉」」

「俺とエルザは村にいた頃、素振り一万回を日課にしてたが。君たちだと日付が変わるまでに終わらないだろう？」

「「ひぃいい」」

俺やエルザの鍛錬の基準が高すぎたのか、軽めのメニューであっても付いてこられない者が大半を占めていた。

「さあ。早くしないと日が暮れてしまうぞ」

俺は手を叩いて催促をする。

騎士団の面々はひぃひぃと言いながら剣を振り始めた。見るからに死に体になった彼らの姿を眺めながら俺は呟いた。

「うーむ。俺たちの普通は、どうも皆の普通ではないみたいだ」

「ええ。私も王都に来たばかりの時は驚きました。厳しいと有名な士団の鍛錬がぬるま湯にしか感じられませんでしたから。父上と共にこなしてきた鍛錬は、世間一般的には常軌を逸したものだったようです」

　とエルザが言った。

「特に厳しいつもりもなかったんだが……」

「私もそう思います」

「も、もうムリだ……！」「死ぬ……！」

ドサリ、ドサリ、と地に伏せていく騎士団たち。過酷な鍛錬に耐えきれず、一人、また一人と力尽きていった。

だが。

その中に一人——。

一心不乱に剣を振り続ける者がいた。

「えいっ！　やあっ！」

男所帯の騎士団の中、その子は小柄な女の子だった。

髪を後ろに一纏《ひとまと》めにし、小動物のような可愛《かわい》らしい顔立ち。リスみたいだ。

名前は確か——ナタリーと言っただろうか。

田舎の村出身の彼女は取り分け鍛錬に熱心で、エルザ以外は軒並みギブアップした千回の素振りを成し遂げてしまった。

「へえ。あの子、やるじゃないか。剣筋も力強い」

「ええ。ナタリーは騎士団の中でも有望株です。私にもよく剣の稽古をつけて欲しいと頼み込んでくるんですよ」

エルザは微笑《ほほえ》ましげな表情をしていた。

ナタリーはエルザよりも年下の十六歳だそうだ。年下の部下であるナタリーを、エルザは可愛がっているのかもしれない。

「よし。じゃあ、次は打ち合いに移ろうか。二人一組になってくれ。もちろん、俺と組むというのもアリだからな」

騎士団の面々は、示し合わせたように顔を背けた。

「カイゼル殿との打ち合いだけは絶対に避けなければ……！」

「エルザ騎士団長よりも強いというカイゼル殿だ。木剣での模擬戦であっても、殺されてしまうかもしれない……！」

「カイゼルさん！　相手お願いしまッス！」

俺にビビりまくる者が多数を占める中、ナタリーは違った。威勢の良い声で、俺に対戦を申し込んできた。

「もちろんだ。よろしく頼むよ」

「ありがとうございますッス！」

ナタリーは深々と頭を下げてきた。ポニーテールがぴょこりと揺れる。やる気も元気も全身から迸《ほとばし》っていた。その意気や良しだ。

「おいおい。ナタリーの奴。死ぬ気か？」

「いくら何でも無謀すぎるだろ……！」

騎士団の面々が心配そうな眼差《まなざ》しで見守る中――。

「カイゼルさん。覚悟ッス！」

ナタリーは勢いよく木剣を打ち込んできた。

うん。やっぱりこの子は筋が良い。

エルザが見込みがあると言うのも頷《うなず》けるな。

だが――。

まだまだ俺やエルザに勝つには早い！

「ひゃあああ！」

ナタリーの剣を全て防ぐと、あっさりと返り討ちにした。胴を打ち抜かれたナタリーは地面へバタリと倒れた。

「うぐぐ……。カイゼルさん。強すぎッス」

「いや。君も立派なものだったよ」

「どうしてもカイゼルさんに一撃を当てたかったッス。そのために、うちはこの数年間を過ごしてきたのにっ……！」

「ん？　どういうことだ？」

俺はナタリーに尋ねた。

「俺と君はまだ会って間もないはずだけど……」

数年間に渡る因縁なんてものはないはずだ。

「エルザさんから話は聞いてたッスから。剣の師匠は父上で、私はまだ一撃も剣を当てたことがないんだって」

「ああ。そうだったのか。つまり、君は自分の尊敬するエルザが一撃も当てたことのない俺に剣を当てたかったと」

俺は得心したように頷いた。

「ナタリーは向上心があるんだな」

「違うッス！　そうじゃないッス！」

「――えっ？」

「エルザさんが一撃も当てられなかったカイゼルさんに剣を当てられたら、エルザさんはうちにメロメロになるだろうって！」

ん？　メロメロ？

「それにもしカイゼルさんに勝つことができたら、その場で娘さんをうちにくださいって頼もうと思ってたんですけど。残念ッス」

「ちょっ！　ちょっと待ってくれ！」

俺はナタリーに向かって尋ねた。

「えっ？　君がエルザを慕ってるっていうのは……剣士としてというより、その……好き的な意味でなのか？」

「そうッスよ？」

ナタリーは何を今さらという顔をしていた。

「うちはエルザさんと手を繋《つな》いだり、チューをしたり、いちゃいちゃしたりして……将来は結婚したいと思ってます！」

いきなりの衝撃発言。

「子供は二人……いや、三人欲しいッス！　幸せな家庭を築くッス！」

すでに将来の構想もあるらしい。

今が打ち合いの最中なら、俺に大きな隙ができていただろう。下手をすると一撃を当てられていたかもしれない。

「へ、へえ。そうなのか」

俺は動揺を隠しながらもナタリーに尋ねた。

「……ちなみに、エルザのどこに惹《ひ》かれたんだ？」

「全部ッス！　エルザさんは強いし、美しいし、誰にでも優しいし……非の打ち所がない女神のような女性ッス！　うちの憧れの人ッス！　だからこそ――その気高い心と身体《からだ》をうちだけのものにしたいんすよ！」

ナタリーは鼻息を荒くしながら、熱弁を振るった。

目が本気のそれだった。

まさか――娘のことが好きな女の子がいたとは。

「だからこそ――カイゼルさんのことは許せないッス！　うちからエルザさんを奪おうとしてるんすからっ！」

ナタリーは俺に鋭い眼差しを向けてきた。

……ええっ？

第二十一話

「俺がエルザのことを奪おうとしてる……？」

「そうッスよ！　カイゼルさんが王都に住むことになったせいで、エルザさんが騎士団の寮を出ていっちゃったんですからっ！」

ナタリーはプンプンと怒りを募らせている。

「いずれはエルザさんと仲良くなって、相部屋で一つの布団で寝たり、大浴場でお互いの背中を流し合おうと思ってたのにっ……！」

そんな野望を抱いていたのか!?

「そこから恋に発展して、キスをして、イチャイチャして、エルザさんの身も心もうちのものになる予定だったのに！」

妄想が爆発してしまっていた。

「お二人とも。どうかされたのですか？」

エルザが俺たちを見かねてそう尋ねてきた。

「ひゃ、ひゃい!?」

「何やら揉《も》めているように見えましたが……」

「い、いえ。気のせいッスよ！　気のせい！　エルザさんのお父さんとうちが揉めるわけないじゃないッスか！　ねえ？」

「あ、ああ。ちょっと剣について議論をしてたんだ」

「そうでしたか。ナタリー。向上心があって素晴らしいですね。父上からは様々なことを学べると思いますよ」

「は、はいッス！」

エルザは微笑みを浮かべると、踵《きびす》を返す。その後ろ姿を眺めるナタリーは、うっとりと恍惚《こうこつ》な表情を浮かべていた。

「はぁ……。格好良いッス……！　エルザさん、しゅきぃ……！」

「エルザと話していた時と、俺と話してた時では別人のようだったな」

「好きな人の前だと、緊張して上手《うま》く話せないッスよ……」

もじもじとするナタリーは恋する乙女という感じだった。

初々しく、何とも可愛らしい。

「まあ。好きになる相手は人それぞれだし。君がエルザを振り向かせたいのなら、それは陰ながら応援してはいるよ」

「本当っすか!?　じゃあ、自宅の場所を教えてくださいッス！　今夜、エルザさんに夜這《よば》いを掛けに行くんで！」

「よし。前言撤回だ。応援はできない」

「どうしてッスか!?」

「今、俺の聞き間違いじゃなかったら、夜這いって言わなかった？」

「そうッスよ。夜這いを掛けに行くんです。うちは口下手だし、エルザさんを口説き落とす自信がないッスから！」

「それがなぜ夜這いという結論になる？」

「エルザさんを気持ちよくして潮の一つでも吹かせてやれば、身も心もうちの虜《とりこ》になるんじゃないかと思って！」

ナタリーはグーサインを掲げて晴れやかな笑み。この子、まるで童貞少年のような思考回路をしている……！

「親として、夜這いを見過ごすわけにはいかないな」

「ええーっ!?」

ナタリーは心底意外そうな表情をしていた。

当たり前だろ。

むしろその反応が『ええーっ』という感じだ。

「いや。恋に障害はつきもの。父親の反対という障害を乗り越えてこそ、娘の恋人にふさわしいということッスね!?」

「違う！　どれだけポジティブなんだ⁉」

「取りあえず、カイゼルさん、うちにチューしてくれませんか？　ほっぺたじゃなく唇にお願いしまッス！」

「え？　どうしてだ？」

「カイゼルさんは幼い頃、エルザさんにチューしたことがあるはずです。なので間接キスになると思って！」

「随分と遠回りな方法だな……」

「じゃあ、エルザさんが使っている石けんを教えてくれませんか？　グル石けんをする時の参考にするッスから」

「グル石けん？」

「グルメ石けんの略ッス。好きな人が使っている石けんを食べることで、その人と一体化するような気持ちになれるッス」

「ええ……」

俺は額に手をついて呆《あき》れた。

この子、思っていた以上にヤバいかもしれない。

そして夜。

自宅に戻り、食事を終えた後のことだ。

「では、父上。先にお風呂を頂きますね」

「ああ。ゆっくり温《ぬく》もってくるといい」

エルザが自宅にある風呂に入ろうとした時。

「――ん？　何やら妙な気配が……」

俺はがらりと窓を開けて外を見やる。その瞬間、暗闇の中に浮かんでいた影が、さっと身を隠すのが見えた。

――あのポニーテールは……ナタリーか。

まさかとは思ったが、家までつけてきたようだ。

「父上。どうかなされたのですか？」

「いや……。俺もいっしょに入っていいか？」

「えっ⁉」

エルザは突然の俺の申し出に動揺していた。

「あ。嫌だったか？」

「い、いえ。むしろ光栄です。ぜひっ」

ナタリーはきっと、エルザの風呂を覗《のぞ》こうとしてくるだろう。父親として、娘の裸体を見られることは防がなければならない。

俺は腰にタオルを巻くと、浴室へと入った。エルザも後に続いた。

「父上。背中をお流しします」

「気を遣わなくてもいいのに」

「いえ。私がしたいのです。父上とお風呂に入るのは久しぶりですから。私のわがままを聞いてくださいますか？」

「じゃあ、お願いしようかな」

俺はその言葉に甘えて、背中を流して貰《もら》うことにした。

「やはり父上の身体はご立派ですね。余分な贅肉《ぜいにく》が全くついていない……。剣士として実に理想的な肉体です」

俺の身体を見つめながら、エルザは感嘆の吐息を漏らしていた。ぴとり、と柔らかいものが背中に触れる感触があった。

振り返ると、エルザが俺の背中に頬を付けていた。

「何をしてるんだ？」

「す、すみません。つい……！　父上の背中が余りにもたくましかったので……」

「いや、別に構わないが」

俺はその間も窓の外の気配に神経を研ぎ澄ましていた。むっ。これは……。ナタリーがすぐ傍《そば》に迫っている気配がした。

彼女の手が窓枠に掛かったのを感知する。

「エルザ！　危ない！」

素早く振り返ると、エルザをナタリーの肉欲の目から守ろうとする。だが、浴室の床に足を滑らせてしまった。

なだれ込むようにエルザを押し倒してしまう。

俺がエルザを組み敷くような形になる。

タオルがはらりと剝がれ、一糸まとわぬ姿を晒《さら》す。

「ち、父上……その……恥ずかしいです……」

エルザは白肌を紅潮させながら、ぼそりと消え入るような声で呟《つぶや》いた。両肩を抱くようにして胸元を隠していた。

いつものような凜《りん》とした雰囲気はない。

「今だ！　チャンスッス！」

その時、窓ががらりと勢いよく開けられた。

マズい！

「させるかあああっ！」

俺は慌てて立ち上がると、エルザを隠すために窓の前に立った。

その瞬間、はらり、と腰に巻いていたタオルが落ちた。

エルザの裸を期待して浴室を覗き込んだナタリーの目の前には、剝《む》き出しになった俺の股間が飛び込んできた。

「んぎゃあああああっ!?」

エルザの裸という美しいものを期待した彼女の網膜には、俺の股間のどアップという逆サプライズが待ち受けていた。

「毒っす！　目に毒ッス～！」

悲鳴を上げると、バターン、と倒れる音が響いた。

窓の外を覗き込む。

ナタリーは白目を剝き、泡を吹いて倒れていた。

「?? 父上。どうしたのですか？　今、何か凄《すご》い音がしたような……。もしや表で何か騒ぎでもあったのでしょうか？」

「いいや。大丈夫だ。エルザは何も気にしなくていい」

第二十二話

翌日の朝。

俺は魔法学園へとやってきていた。

今日から非常勤講師として勤務することになっていたからだ。

教室にメリルを送り届けた後、学園長室へと向かった。

そこには学園長のマリリンが待ち受けていた。

「よく来たの。今日からよろしく頼むぞ」

「こちらこそ。お世話になります」

「良い返事じゃ。期待しておるぞ。お主には非常勤講師として、メリルのクラスの副担任になって貰うからの」

「副担任……ですか？」

「うむ。こやつ――担任のノーマンの補佐について欲しい。分からんことは、全てこやつが教えてくれるはずじゃ」

マリリンは傍に控えていた男を紹介してくれた。

「ふん……」

ノーマンと呼ばれた男は片メガネを指で押し上げた。

年は俺と同じか少し上くらいだろうか。

長身痩軀《そうく》の体形。

冗談が通じなそうな厳粛な面持ち。知的な佇《たたず》まい。

全身から漲《みなぎ》る傲慢にも似た自信。

いかにもエリート魔法使いという風貌をしていた。

「無愛想でプライドの高い男じゃが――魔法の腕は確かじゃ。お互い、学ぶべきところも多いじゃろう。仲良うやってくれ」

俺たちは挨拶もそこそこに学園長室を後にする。

教室へ続く廊下を歩いている時だった。

「納得できないな」

ノーマンは低く固い声で呟いた。

「我が校の講師は代々、伝統ある魔法学園の卒業生のみで構成されている。お前は学園の卒業生ではないだろう」

「ええ。まあ。俺は卒業生じゃありません」

「なのに、そんなどこの馬の骨かも分からん奴《やつ》を非常勤とはいえ講師にするとは。メリルを学園に通わせるためとはいえ、学園長は甘すぎる」

ノーマンは呆れたように溜息《ためいき》をついた。

「メリルは文句なしの天才だ。魔法学園の歴史上、一二を争うほどの。だが、その親は何の関係もない。凡俗な魔法使いが伝統ある我が学園の講師を務めるなど、我が学園の歴史に泥を塗るような話だ」

確かに講師たちからすると面白くないだろうな。

それはもちろん織り込み済みだ。

「俺は別にあなたに気に入られるために講師を受けたわけじゃない。学園長に依頼されたからそうしただけです。娘のために、ひいては学園のためになればいいと。だから講師陣にどう思われようが関係ない」

「ふん……。三流魔法使いが。生意気なことを」

ノーマンは不愉快そうに顔を歪《ゆが》めた。敵意が剝き出しになっている。

出会って早々に険悪な関係になってしまったな。

そのうち、教室の前へと辿《たど》り着いた。ノーマンの後に続くように中へ入る。そこは大学の講義室のような内装をしていた。

教卓から段々状に生徒の席が配置されている。

「あっ！　パパだ！　パパ～♪」

後ろの席に座っていたメリルが俺に気づくと、身を乗り出して両手を振ってきた。

「あれがメリルの父親か。凄い魔法使いなんだよな?」

「へー。結構、格好良いじゃーん」

周りの生徒たちは散々、俺のことを聞かされているのだろう。好奇心を滲《にじ》ませながら俺のことを品定めするように見てきた。

俺は苦笑と共にメリルに手を振り返した。

「静かに!!」

ノーマンは教卓を叩《たた》いて声を荒げた。

「彼はカイゼル——非常勤講師として我がクラスの副担任となる。以上だ。では、授業を始めるとしよう」

簡潔な紹介をすると、ノーマンは授業に移ろうとする。

俺に使う時間が惜しいということらしい。

相当、毛嫌いされているようだ。

ノーマンは魔法構文の授業を行っていた。

基本は口頭で説明しながら、時折、板書をするというスタイル。

……なるほど。中々堂に入っている。

だが——。

ノーマン自身が優秀な魔法使いということもあるだろう。説明が難しく、過半数の生徒は授業に付いていけないようだった。

ここはもっと嚙《か》み砕いて教えてやらないと。

「おいメリル！　貴様！　私の授業で寝るんじゃないッ！」

「……むにゃ？」

メリルに至っては堂々と居眠りをしていた。怒鳴り声に顔を上げると、くああ、と欠伸《あくび》を漏らした。

「だって、ノーマン先生の授業、つまんないんだもーん。パパがやった方がずっと面白いと思うけどなー」

「なっ――！」

ノーマンはこめかみにびきりと青筋を浮かべた。

「ふざけるなッ！　私の授業がこの凡骨以下だとッ!?　そんなわけがない！　いい加減なことを抜かすなッ！」

よほど癪《しゃく》に障ったのだろう。

唾飛沫《しぶき》を飛ばしながら、大声で叫んだ。

「ほんとのことだもーん」

メリルはまるで悪びれる様子がない。

魔法使いとしての実績はメリルの方がノーマンよりも遥《はる》かに上なので、ノーマンは言い返そうにも言い返せない。それにメリルが言ったことにより、周りの生徒たちはノーマンより俺の方が指導が上手《うま》いのでは？　という空気になっていた。

「……ふん。いいだろう。そこまで言うのなら、見せて貰《もら》おうじゃないか。お前の大好きな父親の授業とやらを！」

ノーマンはそう言うと、俺の方を向いた。

「カイゼル。私の代わりに授業をしてみろ」

「――はい？」と俺は言った。「いや、俺は副担任なんだが……。マリリン学園長にも初日は授業のやり方を見学するようにと言われているし」

「貴様が授業をした後、その授業のテストを行う。以前、このクラスで行った時の平均点を上回れば認めてやる」

もう俺が授業をする流れになっていた。

……まあ、俺も非常勤講師として給金を貰っている身だ。ノーマンの傍《そば》でずっと棒立ちして見ているのも気が引けていたところ。

貰っている給金に見合うように学園に貢献しなければ。

「分かった。受けて立とう」

俺は了承すると、ノーマンと入れ替わりに教壇に立つ。

「貴様。講師の経験は？」

「ない。メリルに教えたくらいだ」

「そうか。くっくっくっ。精々、頑張ることだな」

ノーマンはにやりと笑みを浮かべた。

俺が失敗する様を愉《たの》しみにしている──そんな表情だった。

全く。人間関係というのは面倒なものだ。

俺は苦笑いを浮かべると、生徒たちに向き合った。

「じゃあ。魔法構文の授業を再開するな」

そして授業を開始した。

ノーマンがさっき行っていた授業とは異なり、難しい説明を、身近の分かりやすいものに置き換えて説明した。

それに退屈にならないよう、生徒に適度に質問をしたり、ユーモアを交えることで笑いを誘ったりした。

すると──。

さっきノーマンの授業ではついていけないようだった生徒たちも、振り落とされずに真剣に俺の話を聞いてくれていた。

「なるほど。そういうことだったのか……!」

「めちゃくちゃ分かりやすいな」

「カイゼル先生の授業、とっても面白い！」

生徒たちの反応は目に見えて違っていた。

皆、授業の内容の本質が理解できるようになったことで、興味を抱き、前のめりに授業を受けてくれるようになっていた。

「ぐ、ぐぬっ……！」

ノーマンはその様を見て歯噛《はが》みしていた。手元のペンをべきりと握りつぶす。

「よし。今日のところはここまでだ。後で質問があれば訊《き》きに来てくれ。——ってその前にテストがあるのか」

俺はノーマンから受け取ったテスト用紙を皆に配る。

「た、確かに授業は盛り上がっていた。だがッ！　生徒たちが授業の内容を理解できたかどうかはまた別の話だ！」

ノーマンは俺の顔を指さしながら、声を荒げた。

「その場を盛り上げるだけなら、大道芸人を呼んだ方がいい！　問題は生徒が魔法の理解を深められたかどうかだ！」

しかし——。

生徒たちのテスト用紙に走らせるペンの動きは軽快だった。

しばらくして回収し、講師二人で手分けして採点する。

その結果を見たノーマンの顔色が変わった。

「ば、バカな……！　平均点が十点以上も上がっているだと……!?　私の授業より貴様の授業の方が上だというのか……!?」

「上とか下とかはよく分からないが」と俺は言った。「クラスの皆が、優秀であることは間違いないだろうな」

ちゃんと教えてやれば、皆、スポンジのように吸収が速い。きっと、将来は優秀な魔法使いになることだろう。

「くそっ……！　カイゼルめ……！　このままでは終わらせんぞ……！」とノーマンは俺を睨《にら》みながら憎々しげに吐き捨てていた。

……やれやれ。

俺はこのまま終わって欲しいんだけどな。

第二十三話

また別の日の授業。

俺はノーマンに連れられて教室へとやってきた。

すると、生徒たちが駆け寄ってきて口々に声を掛けてくる。

「カイゼル先生。昨日は分からないところを教えてくれてありがとう！　おかげでちゃんと理解できたよ！」

「先生が教えてくれた火魔法、オヤジに見せたらびっくりしてたよ。家の跡継ぎはお前にしようかなって言われてさ。今まで偉そうにしてた長男が悔しそうにしててさあ。ざまあみろって感じだったぜ」

「あたしもカイゼル先生に水魔法のコツを教えて貰ってから、ウォータースプラッシュを安定して放てるようになったの！」

最初の日以降、俺は授業を受け持つことはなかった。代わりに休み時間や放課後に生徒の質問を受け付けていた。

「おい！　休み時間は終わったんだ！　貴様ら静かにしろッ!!」

ノーマンは苛立《いらだ》たしげに教卓を叩いた。

しん……と教室内が静まり返る。

ノーマンはこほんと咳払《せきばら》いをすると言った。

「では、授業を始めるぞ」

「えー。ノーマン先生かー……」

「カイゼル先生の授業の方が分かりやすいし、楽しいんだけどなあ」

「後でまたカイゼル先生に質問しに行こうっと」

「き、貴様らァッ……！」

ノーマンは生徒たちの様子を見てわなわなと震えていた。手に握りしめていた指示棒を怒りにまかせてへし折った。

「ま、まあまあ。皆、悪気はないでしょうし」

俺はどうにか宥《なだ》めようとする。

「悪気がない方が問題だろうがッ！」

ノーマンは叫ぶと、ぎろりと敵意の籠もった睨みを利かしてきた。

「カイゼル。確かに貴様は多少は教えることに長《た》けているのかもしれない。だが、調子に乗るんじゃないぞ。魔法使いとしては私の方がずっと上だ。魔法学園を卒業した私がお前のような三流の魔法使いに劣るわけがない!!」

……うわあ。

めちゃくちゃ敵意を抱かれてしまっていた。

授業が終わった後、生徒たちが俺の下に駆け寄ってきた。

「あのね、カイゼル先生。魔法の詠唱法についてなんだけど……」

「フレイムランスの魔法構文なんだけど。改良できそうな部分があってさ。先生の意見を聞いてみたいんだけど……」

「そういえば、カイゼル先生ってどこで魔法を学んだんですか？」

「ねえー。パパー。皆にばっかり構ってないで、もっとボクに構ってよぉ～。二人っきりでイチャイチャしないと死んじゃう～」

「おいおい。そう一気に来られても対応できないぞ」

学習意欲があるのは大変良いことだ。

しかし、俺は一人しかいないから、同時に何人もの相手はできない。

「仕方ない。私が代わりに聞いてやろう」

ノーマンが片メガネを指で押し上げながら言った。

「「……」」

生徒たちは互いに顔を見合わせると、

「「いやー。大丈夫です……」」

と示し合わせたように断った。

「おいッ！　なぜだッ！」

「だってノーマン先生、俺たちに厳しいし。質問に行ったら『全く。こんなことも分からないのか』って見下してくるし」

「いちいち上から目線だしね」

「説明も分かりにくいんだよなあ」

「その点、カイゼル先生は俺たちを見下すようなことはしないし、教え方も分かりやすいからいいよなあ」

「ぐうっ……！」

ノーマンは目を剝《む》き、ぎりぎりと歯嚙みをしていた。

「あら。随分と賑《にぎ》やかなようですね」

次の授業を担当するイレーネが教室に入ってきて言った。彼女は結った髪を纏《まと》めた知的なメガネのクール美人教師である。

「い、イレーネ先生。これはこれは今日も見目麗しい」

ノーマンはイレーネを見ると、表情を繕って恭しく礼をした。そして、歯の浮くような台詞《せりふ》を付け加える。

「どうですか？　今夜、いっしょにお食事でも。私が魔法学園で首席になった時の話でも聞かせてあげますよ」

「ごめんなさい。遠慮しておきます」

イレーネはあっさりとノーマンの誘いを断ると――。

「カイゼル先生。大人気じゃありませんか」

「そうですか？」

「ええ。学園内で噂《うわさ》になっていますよ。カイゼル先生の教え方は上手だと。今度私もぜひ授業を見学させて貰《もら》いたいです」

「どうぞどうぞ」と俺は答える。

「そうだ。カイゼル先生。そのうち、お食事でもどうですか？　講師同士、一度詳しく教育についてお話をしてみたいので」

「なっ……!?」

と呻《うめ》き声《ごえ》を上げたのはノーマンだ。

「な、なぜです！　こんな田舎の三流魔法使いと！　こんな男と話しても、何一つ得るものはありませんよ！」

「そうでしょうか？　ノーマン先生の自慢話を聞かされるより、よほど有意義な時間を過ごせると思いますが」

イレーネはにっこりと笑ってノーマンの言葉を切り捨てると、

「カイゼル先生。いかがでしょうか？」

「娘たちの夕食を作った後でなら。喜んで」

「ふふっ。楽しみにしています」

「ぐうっ……！」

ノーマンは俺とイレーネが談笑する様を見て呻き声を漏らしていた。今にも血管が切れそうなほどの怒りを滾《たぎ》らせている。

そしてとうとう我慢できなくなったのか、

「カイゼルッ!! 私と勝負しろッ！」

人目も憚《はばか》らずに大声で叫んだ。

「はい？　勝負？」

「貴様、ちょっと教え方が上手《うま》いからとチヤホヤされおって！　魔法使いとしてどちらが格上なのか教えてやる！」

「別にそんなことをしなくとも……。ノーマン先生が上ということで良いですよ。俺は格とか気にしませんし」

「ダメだッ！　お前が気にしなくとも、私が気にするんだ！　周りの者たちにもはっきりと分からせてやらねばならない！」

ノーマンは完全に頭に血が上っているようだ。

魔法学園の卒業生でもない、ぽっと出の非常勤講師である俺に、生徒やイレーネの関心が向けられるのが耐えられないのだろう。

「あの。カイゼル先生。受けてあげてくれませんか？」

イレーネが言った。

「一度、実際にどちらが上なのか白黒はっきりつければ、このような不毛な争いをせずに済むでしょうから」

なるほど。それもそうかもしれない。

「ボク。パパの魔法を久しぶりに見たーい」

メリルが腕に抱きついておねだりをしてくる。

……娘にそう言われると弱ってしまう。

「それでノーマン先生の気が済むなら、受けましょう」

「ふん。そうこなくては。カイゼル。調子づいていられるのは今だけだ。圧倒的な格の差というものを見せてやる」

第二十四話

俺とノーマンは学園の前にある広場へと赴いた。

クラスの生徒たちやイレーネが対決を見届けようと集まっている。どちらが勝つのかと賭けをしている者もいた。

「それで？　勝負はどんな方法でするんだ？」

「決闘だ」

ノーマンは身につけていた手袋を俺に投げつけてきた。

「互いに背中合わせに三歩ずつ歩き、振り返って魔法を放つ。相手に魔法を浴びせた方の勝ちというルールでいかがかな？」

「なるほど。それなら魔法の詠唱速度が速く、威力が高い方が勝つ。シンプルだ」

「いかにも。否応《いやおう》ナシに魔法使いとしての実力が炙《あぶ》り出される。マグレで勝つというようなことはありえない」

「よし。だったら、その方法にしよう」

決闘の方法が決まった。

生徒たちがひそひそと言葉を交わし合う。

「なあ。どっちが勝つと思う？」

「そうだなあ……。カイゼル先生は教えるのは凄《すご》く上手いけど。魔法使いとしての実力はノーマン先生じゃないか？」

「だけど、あのメリルの父親なんだぜ？」

「ねーねー。ボクも賭けに交ぜてよー。ん？　どっちに賭けるかって？　そんなのパパに全財産に決まってるじゃーん♪」

メリルがいつの間にか俺が勝つ方に全財産を賭けていた。

「パパー。頑張ってねー！　負けたら、ボクちゃん一文無しになっちゃうし」

これは負けられなくなった。

いや、元々そのつもりはなかったけれども。

「くくっ。カイゼル。貴様が調子づいていられるのもこれまでだ。衆目を集める中で圧倒的な力の差を見せつけてやろう」

ノーマンは不敵な笑みを口元に貼り付ける。

「私はこの魔法学園を十二年前に首席で卒業した男。五大魔法のうち、三属性もの魔法を習得している。これは一流の魔法使いの証《あかし》だ。その魔法を駆使し、学園卒業後は宮廷魔術師として華々しい活躍をした。貴様のような三流魔法使いとは経歴が違う。当然、これまで切り抜けてきた修羅場の数も比べものにならない」

ぺらぺらと自分がいかに凄いのかを語るノーマン。

俺は思わず苦笑を浮かべてしまった。

「ここは面接会場じゃないんだ。自己PRをされても困る。口を動かすより、勝負に集中した方がいいんじゃないか？」

「ぐっ……！　どこまでも生意気な奴《やつ》め……！　いいだろう。私の魔法使いとしての実力を身体《からだ》に刻み込んでやる！」

俺とノーマンは互いに歩み寄ると、背中合わせになった。

互いに足を一歩踏み出す。

じり……と靴裏が地面を擦《こす》る音がした。

二歩目。緊張感が高まる。

そして三歩目——靴裏が付くと同時に両者共に振り返った。

先に動いたのはノーマンだった。奴は右手を俺に向かって掲げると、魔法を発動する際の詠唱を破棄して発動しようとした。

「ははは！　カイゼル！　驚いただろう！　これが魔法の詠唱破棄！　一流の魔法使いにのみ使いこなせる高等技術だ！　貴様が魔法を詠唱している間に、私のサンダーアローが貴様の身体を突き刺す！　喰《く》らえっ！」

ノーマンの傍《そば》に魔法陣が現れると、そこから紫電を纏った矢が射出される——より早く魔法陣は火炎の渦に呑《の》まれた。

「っ……!?」

ノーマンの傍に出現した魔法陣は、跡形もなく消え去っていた。

俺が放った火魔法――フレイムによって。

「ば、バカな……！　今のは……詠唱破棄だと!?　カイゼル、貴様も私と同じ高等技術を有しているのか!?」

「いや、詠唱破棄くらいの芸当、高等技術とは言わないだろ。これくらいは魔法を覚えて一ヶ月もしないうちに覚えたぞ？」

「い、一ヶ月だと!?」

「ああ。何かおかしなことでも言ったか？」

「私は詠唱破棄を身につけるために三年間、血の滲《にじ》むような鍛錬をしたのに……！　はったりだ！　こんなのははったりに決まっている！」

ノーマンは狼狽《ろうばい》した様子で叫ぶと――。

「な、ならば！　水魔法だ！　火魔法に強いウォーターショットを使えば、奴の火魔法を無力化できるはずだ！」

またしても詠唱破棄で水魔法を発動させる。

ノーマンの肩口に青色の魔法陣が浮かび合った。

そこから銃弾のように水弾が射出された。

だが――。

俺の放ったフレイムがその水弾を打ち消した。

「ぐっ!?」

「相性が悪いはずの水魔法を打ち消してしまうなんて……!」

イレーネがメガネの奥の目を見開いていた。

「ノーマン。もう終わりか?」

俺はノーマンに向かって問いかける。

「せっかくだ。ご自慢の魔法とやらを見せてくれよ。――もっとも、詠唱速度や威力共に俺が上回っているから、そっちに勝ち目はないが」

「くっ……」

ノーマンもそのことは理解していたのか、その場に膝をついた。戦意を失ったかのようにがくりと頭を垂れた。

「なぜだ……!　貴様は三流魔法使いのはずだ……!　なのにどうしてこれほどの魔法を使えるんだ……!」

「一応、昔、師匠に色々と教えて貰ったからな」

「……師匠?」

「ああ。エトラっていう魔法使いだ」

「エトラ!?　エトラだと!?」

「知ってるのか？」

「知ってるも何も、彼女は王都の歴史に名を残すほどの魔法使い……。メリルと同じ賢者の名を冠する者だぞ!?」

「やっぱり、有名なんだな」

「彼女は才能のない者に掛ける時間が勿体《もったい》ないからと弟子を取らなかった。だが、貴様は彼女に師事したというのか……」

「勝負あったようですね」

　イレーネがメガネのフレームを押し上げて言った。

「カイゼルさんの勝ちです」

「パパ。格好よかったね～♪」

　メリルは俺の下に駆け寄ってくると、腕にぎゅっと抱きついてきた。

「だけど、どうして手加減してたの？」

「て、手加減だと!?」とノーマンが声を荒げた。

「まあ。本気で撃ったら、殺《あや》めてしまうかもしれないからな。だいたい三分くらいの力にしておいたんだよ」

「くっ……」

ノーマンはその場に膝から崩れ落ちると、弱々しく呟《つぶや》いた。

「……私の完敗だ。教え方も、魔法使いとしての力量も違いすぎる。どうやら貴様は本物の魔法使いのようだ」


その後――。

ノーマンは俺が出勤している際は、授業の講師を譲ることになった。

そして彼やイレーネは生徒たちと共に俺の授業を受けるようになった。俺の授業の評判を聞いた他のクラスの生徒もやってくる。

その盛況ぶりは立ち見が出るほどであった。

全てが丸く収まったかのように思えたが……。

「パパの凄さが皆に知れ渡ったのは嬉《うれ》しいけど。そのせいでボクがパパとラブラブになる時間が減っちゃったぁ」

メリルだけはぷくりとほっぺたを膨らませて不満そうだった。

第二十五話

その日、三姉妹の機嫌はすこぶる良かった。

なぜか？

たまたま全員の休みが被《かぶ》ったからだ。

エルザは騎士団の業務が非番だし、アンナも久方ぶりの休みが取れ、メリルは自主休校をすることにしていた。

そして俺も仕事に休みを取った。

慌ただしい日々だったのでたまには息抜きも必要だ。

家族全員が休みということもあり、今日は皆で出かけることにした。家族四人、仕事を忘れて水入らずで過ごす。

「わーい！　パパとデートだぁ！」

パジャマ姿のメリルが俺に抱きついてくる。

「おいおい。今日はえらく早起きだな」

「だって、今日はパパとお出かけする日だし。寝てたら勿体ないよぅ。一分一秒でも長くいっしょにいたいもーん」

「ホント、調子の良い子ね。普段もこれくらい早く起きればいいのに。そうすれば遅刻をすることもなくなるわよ」

アンナが呆《あき》れ交じりに言った。

「ボクは気分屋さんだから。テンション上がらないと動けないんだよね。パパがいないと何もする気が起きなーい」

「メリル。あなた、パパが王都に来る前、よくそれで生活できてたわね」

「一週間に一回、パパ成分を補給するために村に帰ってたからねー。一週間分のパパ成分をそこで取り入れてたんだー」

「パパ成分を補給……とは何ですか？」とエルザが怪訝《けげん》そうに尋ねた。

「んー。いっぱいパパに甘えたり、おねだりしたりー。とにかくパパとイチャイチャすると補給できるんだよ♪　ねっ？　パパ」

「あれは大変だったなあ……」

俺は過ぎ去りし日々を思って遠い目をした。

あの頃、一週間に一度のペースで帰ってきたメリルは、ありとあらゆるおねだりを俺に対して申し出てきた。

頭をなでなでして欲しい、ハグをして欲しい、ほっぺにキスをして欲しい、いっしょにお風呂に入って欲しい、自分が寝るまでずっと手を握っていて欲しい、寝起きは服を全部着替えさせて欲しい……。エトセトラ。

あれ？　今とあまり変わらないな？

「メリル。あなた、それだといつまで経《た》ってもパパ離れできないわよ。自立できないダメな子になってもいいの？」

「いいよー」

メリルは悪びれる様子もなくそう答えた。

「人という字はボクとパパが支え合ってできてる字だから。ボクとパパは一生、お互いにラブラブでいるもん♪」

「開き直ってるし……」

アンナが額に手をついた。

「そう言って貰《もら》えるのは嬉しいが……。俺とメリルが親子でいる以上、ほぼ確実に俺が先に死ぬことになるんだ。だから、メリルも自立できるようにならないとな」

「大丈夫！　パパが先に死んじゃったとしても、ボクが生き返らせるから！」

「い、生き返らせる？」

「そう！　パパが死んじゃったとしても、魂を呼び戻して、復元した肉体に入れてあげれば元に戻るはずだし。それなら寿命もなくずっと生きていけるもん。ふふ。ボクとパパは何百年先もずっといっしょだよ！」

「ええ……」

メリルは軽い調子で、とんでもないことを言っていた。

それはつまり不老不死を実現させるということだ。

有史以来、時の権力者たちは皆、不老不死を求めて東奔西走してきたが、未《いま》だ実現した者は誰一人としていない。

「あの子、なまじ天才だから……。あり得ない話じゃないのよね。あの子、パパが絡むととんでもない才能を発揮するから。魔導器を発明したのだって、人々の役に立ってパパに褒めて貰いたいって動機だったし」

「ということは……」

「パパ。ご愁傷様。永遠にメリルのお世話をすることになるかもね」

「それじゃ、休む暇もないな……」

「メリル。私はあなたの研究を応援していますよ。パパ……父上には存命でいて欲しいという気持ちは同じですから」

「えっ？」

「や。父上離れしたくないから——ということではありませんよ!?　そのような甘えは騎士団長には不要ですから。ただ……その……年老いて腕の落ちた父上に、剣で勝っても意味がありませんし」

「はは。なら、俺が老いるより先に、勝てるようにしてくれ」

エルザは今もなお、日々着実に強くなっているのだ。そう遠くない日に、俺より遥《はる》かに強い剣士になるに違いない。

まあ……。

父親の威厳を保つためにも、もう少しの間は粘りたいものだが。

「ちなみになんだけど。メリルが不老不死の研究を完成させたら、それは私たちにも適用してくれるのかしら？」

「いいよ〜！　ボクたちは家族だもん。ボクとパパとエルザとアンナの四人、末永くラブラブに過ごそうね」

「それは素敵な話ですね。若い肉体を維持したまま悠久の時を生きられたら、剣士としての高みも目指せそうです」

「この国の権力を全て握ることだってできそうね。今、上層部でのさばってる老害たちを一掃できれば良い国になりそう」

娘たちはそれぞれ不老不死になった後のことを想像していた。

「まあ。先のことを考えるのもいいとは思うが。せっかくの休みなんだ。今は目先の休日を楽しむことにしよう」

俺が言うと、娘たちは嬉しそうに頷《うなず》いた。

第二十六話

俺たちは家を後にすると、王都の市場へと繰り出した。

住宅街から大通りへとやってくる。

王都の大通りともなれば様々な店が建ち並んでおり、老若男女の人が集い、行商人たちの馬車が行き交っていた。

「相変わらず、凄《すご》い人混みね。目眩《めまい》がしそう」

アンナが通行人の波を眺めながら呟いた。

「この王都は周辺の町村の中心にあるからな。色々な人が訪れる。一年中、昼夜を問わず人が途切れることはないらしい」

「光に集まる虫みたいだねー」

「当然、そうなると危険な人物が紛れ込むこともあり得ます。そのために我々騎士団が常に警備に当たっているわけです」

「エルザ。あなたがさっきから周囲を警戒してるのもそのため？」

「ええ。不審な人物がいないかどうか、目を配っています」

「せっかくの休みなんだし、他の騎士の人たちに任せればいいのに。というか、あなたの

「その服装はどういうわけ？」

「な、何か変でしょうか？」

「そりゃね。私たちが私服を着ている中、あなた一人だけ鎧姿《よろい》なんだもの。変じゃないと思う方が難しいわよ」

　アンナが呆れたようにエルザを見やった。

　俺とアンナとメリルがそれぞれ私服に身を包む中、エルザだけが鎧姿だった。その腰には愛用の剣を差している。

「ですが……。一応、軽装備ですよ？　普段はもう少し重い装備ですから」

「そういう問題じゃなくて。色気もへったくれもないって言ってるの。それに私服もろくに持ってないでしょう？」

「え、ええ。まあ一、二着くらいしか」

「せっかく可愛《かわい》い見た目をしてるのに。宝の持ち腐れよ」

「か、かわ……」

　エルザは一瞬、嬉《うれ》しそうな顔をしたが、すぐにはっと我に返った。こほん、と咳払《せきばら》いをすると厳粛な口調で言った。

「私は騎士ですから。可愛さなど必要ありません」

「ふーん。その割にはパパが王都に来るって知った時、やけに身だしなみに気を遣ってたみたいだけど？」

「ななな、なぜそれを⁉」

「ナタリーちゃんに聞いたの。あの子、よくギルドに出入りしてるから。まるでデート前のような顔をしてたって」

「う。うう……！」

「あー。エルザ、顔真っ赤になってるー♪　かわいいー」

メリルはエルザの赤面を指摘すると、愛《いと》おしげに頬ずりをし始めた。エルザはぷしゅうと蒸気を立ちのぼらせている。

「ねえ。今からエルザの服を買いに行きましょうか」

「私の服を……ですか？」

「ええ。このままだと休みの日もずっと鎧姿で出歩きそうだし。パパもエルザが可愛い服を着てる方がいいわよね？」

「ああ。常に騎士団としての誇りを忘れないのは立派だが、休みの日くらいはおしゃれをしてもいいんじゃないか？」

「お、おしゃれですか……」

エルザはそう呟《つぶや》くと、不安そうに尋ねてきた。

「……私にもできるでしょうか？」

「もちろんだ」

「決まりね。じゃあ、早速行きましょう」

☆

そして俺たちは服屋へとやってきた。

「エルザ。私に任せておいて。あなたに似合う服をコーディネートしてあげる。騎士団のアイドルにしてあげるわ」

「は、はあ……」

「ボクも色々と服を見よーっと♪」

娘たちは店内に散り散りになっていく。

アンナが服をいくつか見繕い、エルザに向かって提示していた。エルザは可愛らしい服を前に戸惑った顔をしている。

ちなみに――。

俺の服を見繕ってくれているのもアンナである。村にいた頃からずっと。なので俺自身はファッションに全く詳しくない。

嫁さんに服を選んで貰う旦那みたいな感じだ。

「パパー。見て見てー」

試着室のカーテンの隙間から、メリルに呼ばれた。

俺が近づくとカーテンが引かれ、着替えたメリルの姿が露《あら》わになった。ほとんど布地の面積のない水着に身を包んでいる。

「な、何だその格好!?」

ほとんど裸じゃないか!

「どう? 似合うでしょ♪」

メリルはそう言うと、「パパのハートを撃ち抜いちゃうよー! バキューン!」と胸の前で銃を撃つ仕草をしてきた。

メリルは昔から、露出度の高い服を好む傾向にあった。露出が多ければ多いほど可愛いと思っているような。

「この水着、可愛いよねー。パパも気に入ってくれた?」

「いや、俺はちょっと賛成できないな」

「どうして?」

「いくら何でも露出度が高すぎる。その格好で海に行ったら、他の男たちの目のやり場がなくて困るだろう」

「あ。パパ。他の男の人にボクが見られるのが嫌なんだ?」

メリルはニヤニヤと嬉しそうにしながら、「嫉妬してるんだ～。可愛い～♪」と俺の頬をツンツンとつついてきた。

別に嫉妬しているわけじゃないが……。

娘をそういう目で見られるのは抵抗がある。

「うえへへ～。そこまで言うなら、この水着を買うのは止《や》めておくね。ボクが身体《からだ》の全部を見せるのはパパだけだから」

「誤解を招くようなことを言うんじゃない！」

「どうして？」

「店員さんが凄い目でこっちを見てる」

女性店員が怪訝《けげん》そうにこちらを見つめていた。

「ボクとパパはできちゃってまーす♪」

「こらこら！」

煽《あお》ってどうする！

「てへっ♪」

メリルはぺろりと舌を覗《のぞ》かせた。

俺は苦笑すると、

「アンナ。どうだ。そっちの調子は」

隣の試着室に呼びかけた。

「ええ。バッチリよ」

「ちょ。ちょっと待ってください……！」

エルザの制止の声も聞かず、アンナは試着室のカーテンを開けた。

「「おおっ……」」

俺とメリルは感嘆の声を漏らした。

目の前に現れたのは——おしゃれな服に身を包んだエルザの姿。白いブラウスに花柄のロングスカートという可愛らしい格好。

すらりとしたエルザのモデル体型が、エレガントによく引き出されている。

エルザはスカートの裾を押さえながら、もじもじとしていた。上目遣いになり、恐る恐るというふうに尋ねてくる。

「へ、変ではありませんか……？」

「いいや。よく似合ってる」

俺はエルザに向かって微笑《ほほえ》みかけた。

「凄く可愛いと思うぞ」

「こんな軟弱な格好、本来、剣士なら忌むべきもののはず……。なのに父上に褒められると凄く嬉しいです……」

エルザの顔は真っ赤になっていた。

普段、凛《りん》とした表情の彼女しか見たことがない騎士団の面々がこれを見たら、驚くこと間違いなしだろうなと思った。

第二十七話

エルザは試着した先ほどの服を購入することにした。

今は鎧姿ではなく、白いブラウスに花柄のロングスカートという出で立《いた》ち。ただ腰には相変わらず剣を差していた。

「有事の際には必要になりますから」

ということらしかった。

可愛らしい服装の中、腰に差された剣が異彩を放っていた。ただこれはこれでおしゃれに見えないこともない。

「それにしても、まさか定価の半額近くの値段で買えるとは」

「ふふ。私の値切り、凄《すご》かったでしょ？」

「ああ。まるで魔法を見ているようだったよ」

アンナは先ほどの服屋で値切り交渉をした。

最初、店員は「ムリです」の一点張りだったが、手練手管を弄しているうちに、みるみると値段は下がっていった。

店員が納得するような形で、こちらの要求を呑《の》ませる。

アンナの交渉術は村にいた時より、遥《はる》かに研ぎ澄まされていた。さすが最年少でギルドマスターに上り詰めるだけのことはある。

「むぅ～。パパ。アンナばっかり褒めてる！　ボクだって魔法であの店員さんを洗脳すれば値段を下げられるのにー」

メリルがさらりと物騒なことを言う。洗脳って。

「それだと無理矢理になっちゃうでしょ。あくまで向こうが納得したって形のまま、値段を下げて貰《もら》うのが大事なの」

アンナがちっちっちと指を振った。

「正直、やろうと思えばタダにすることもできたけど。そこはビジネスだから。お互いにＷｉｎ－Ｗｉｎの関係でいないとね」

アンナの言葉を聞いて、俺は思った。

その気になりさえすれば、アンナは詐欺師や宗教家になれるのではないか？　もっとも彼女は根が真面目だから、その気にはならないだろうが。

……神様が正しい人間に才能を与えてくれて良かった。

「パパ～。ボクちゃん、歩くの疲れちゃった～」

俺たちが市場を歩いている時だった。

メリルはぺたんとその場に尻もちをつくと、俺に向かって両手を広げてきた。甘えん坊の面を全開にしてくる。

「お願い。おんぶして～。おんぶ～」

「おいおい。こんなところに座り込んだら、他の人の通行の邪魔だろ」

「うん。知ってる～」

なるほど。

ここで俺がおんぶしないと他の人に迷惑になることを見越して、おねだりをしてきたというわけか……。メリルめ。考えたな。

「ったく。仕方ないな……」

「やったぁ♪」

俺は渋々、メリルをおんぶすることにした。

メリルが俺の背中におぶさってくる。軽いもんだ。

「パパの背中、あったかーい」

「パパはメリルに甘いんだから」

アンナは呆《あき》れたように溜息《ためいき》をつくと、両肩を竦《すく》めた。

仰《おつしや》る通りだ。俺が苦笑いをしていると――。

アンナは俺の右腕へと自分の両腕を絡ませてきた。

「ええっ？」

「せっかくの休みだもの。私もパパに甘えちゃおうっと。ワガママだってたくさん聞いて貰うんだからね」

「エルザもパパと腕組んで貰ったら？」

「わ、私は別に……。父上と腕を組むと、両手が塞がってしまいますし。騎士として軟弱な行いはできません」

「またまたー。強がっちゃってー」

「そうよ。今日くらいは良いんじゃない？　私もそうだけど、上の立場になると他の人に甘えたりできなくなるでしょ？　毎日毎日、気を張って神経をすり減らしてばかりで。甘えさせてくれるのなんてパパだけよ？」

「そ、それは確かに……」

アンナの言葉は、エルザの胸に響いたのかもしれない。

エルザは口元に手を当ててもじもじとしながら――。

「父上。その……腕を組んでもよろしいでしょうか？」

「もちろん」

「ありがとうございます。では、失礼します……！」

エルザはおずおずと俺の左腕に自身の両腕を絡めてきた。そっ……と甘えるように俺の腕に身を委ねてきた。

「こうして父上に身を委ねていると、凄く安心します……」

「それは良かった」

俺たちは家族皆、身を寄せ合いながら歩いていた。

周りの通行客はその姿を見て、

「見ろよ。あの男。美女を三人も侍《はべ》らせてるぜ」

「ハーレムだよ。ハーレム」

「美男美女で羨ましいことだ。俺もハーレムの一員になりたいぜ」

どうやら親子だとは思われていないようだった。

後、最後の人は何か危険な香りがする……。

「俺たちは親子じゃなくて恋人だと思われてるみたいだな」

「こ、恋人同士ですか……!?」

「ふふ。パパ、見た目が若いから。そう思われるのもムリはないかもね。私としては気分が良いことだけど」

「ボクとパパが恋人同士だってー。ふへへぇ」

娘たちはまんざらでもない様子だった。

てっきり嫌がると思っていたが。

「あ。屋台だ。パパ。ボクちゃん、クレープ食べたい！　生クリームとイチゴがたっぷりと載ったやつがいい！」

メリルがクレープの屋台を指さして言った。

「ふふ。いいわね。私も食べようかしら」

「そうだな。エルザはどうする？」

「わ、私は遠慮しておきます。甘い物を食べると太ってしまいますから」

エルザはそう言うと、

「というか、アンナとメリルはよく家でも甘い物を食べていますが……どうしてそれで太らないのですか？」

「んー。私は仕事で毎日頭を使ってるから？」

「ボクちゃんは食べても太らない体質だから」

「アンナはともかく、メリルは羨ましいです……！　私は食べたら食べただけ、身体《からだ》に肉がついてしまうので」

「まあ、エルザの場合は、元々が締まっているからな」

俺はそう言うと、

「だけど、今日くらいは良いんじゃないか？」

と購入したクレープを差し出した。

エルザは元々、食べたいとは思っていたのだろう。そこに俺の誘いがあると、心が傾くのは必然とも言えた。

「父上がそう仰るのなら……。今日だけは頂きます……！」

エルザはおずおずとクレープを受け取ると、ぱくりと食べた。

「……んんっ!?」

その瞬間、驚いたように目を大きく見開いた。

「これは軟弱です！　凄く軟弱な味がします！」

「どういうこと？」

「美味《おい》しいってことなんじゃないか？」

「ねー。皆で一口ずつ交換しよー♪」

俺たちは互いにクレープを一口ずつ食べさせ合った。

口にクリームのついた娘たちの楽しそうな表情を見て思わず目を細めてしまう。

……やっぱり、王都でいっしょに暮らし始めたのは正解だったな。娘たちと過ごす時間は俺にとって掛け替えのないものだ。

第二十八話

俺たちは和気藹々《わきあいあい》としながら市場を歩いていた。

周囲には溢《あふ》れかえるほどの人の群れ。油断するとはぐれてしまいそうだ。娘たちから目を離さないように注意を払う。

——と、その時だった。

視界の端に映った人物に目が留まった。

それは三人の男たち。

麻の服に身を包み、何の特徴もない格好。

だが……。

俺は思わず立ち止まって彼らを目で追った。

「パパ。どうしたの？」

アンナが怪訝《けげん》そうに尋ねてきた。

「父上。今、すれ違った人たちは……」

「エルザも気が付いていたか」

「はい。何やら不穏な雰囲気を感じました」

「ああ。彼らは気配と足音を立てていなかった。自分の存在をこの人混みの中に、極限まで溶け込ませようとしていた。普通の人間であれば、その必要はない」

「二人とも、よく気づいたわね。私、さっぱり分からなかったわ」

アンナは感心したように言うと、

「メリル。あなたは気づいてた？」

「むにゃ？　何か言った？」

「この子、お腹《なか》いっぱいになってうたた寝してるし……」

アンナは呆れたように苦笑した。

「これは私の経験則ですが、何やら嫌な予感がします」

「ああ。そうだな」

俺とエルザはほとんど確信に近い予感を抱いていた。

今、すれ違った男たちは何やら良からぬ目論《もくろ》みを抱いている。後ろ暗い感情がほのかに滲《にじ》んで見えた気がしたのだ。

その時だった。

俺たちの懸念を裏付けるように悲鳴が響き渡った。

「うわあっ！　泥棒だあッ！」

「――っ！」

その声に反応して、弾《はじ》かれたように振り返る。

通りにある宝石店から、先ほどの男たちが飛び出してくるのが見えた。必死の形相をした彼らは肩に大きな袋を担いでいる。

一目散に逃げようとしていた。

「やっぱり奴《やつ》ら、ろくでもないことを企《たくら》んでいたのか」

「父上！　彼らはここ最近、王都で宝石店を襲っている窃盗団です。これまで何度も被害が報告されていましたが、中々尻尾が摑《つか》めずにいたんです！」

とエルザが言った。「今日こそは逃がしません！」

「エルザ。俺も手伝う。奴らを追おう」

俺は背中におぶっていたメリルをアンナに預けると、窃盗団を追って走り出した。

エルザもその後をすぐさま追ってくる。

人混みを掻《か》き分け、窃盗団を追尾する。

向こうも俺たちが追ってきていることに気づいたようだ。

「バカめ！　俺たちの速度に付いてこられると思うなよ」

窃盗団は地面を蹴ると、建物の壁を駆け上がっていく。そして屋根から屋根へと次々に飛び移っていった。

周囲にいた通行人たちは曲芸だと思ったのか拍手を送っていた。

俺たちもまた後れを取ることなく、建物の壁を駆け上がった。屋根から屋根へと連中と同じように飛び移っていく。

距離を離されるどころか、じりじりと詰めていく。

「速い……！　このままじゃ追いつかれる……！」

「くそおっ！　こうなったら！」

窃盗団の男の一人が、近くの路地を歩いていた通行人の親子に目をつけた。懐から取り出したナイフを少女に向かって投げ放つ。

ヒュッ！

「きゃあっ！」

ナイフの先端が少女の腹部を貫くよりも前に——俺は射線上に割り込むと、飛んできたナイフの柄を摑んで止めた。

「——っと。間に合って良かった。怪我《けが》はないか」

「う。うん……。お兄ちゃん、ありがとう」

「お兄ちゃんって年でもないんだがな……。とにかく無事で良かった。ただ奴らの姿は見失ってしまったが……」

「子供を囮《おとり》に使うとは、何たる卑怯《ひきょう》な……！」

エルザは拳をぎゅっと強く握りしめ、怒りを露《あら》わにしていた。彼女は女子供、老人などの弱者に手を上げる者を許さない。

俺としても許せない。絶対に捕らえてやりたい。

だが、一度見失ってしまっては――。

『パパ。聞こえる？　アンナだけど』

「アンナ？　その声はどこから？」

『メリルの魔法を使って通信してるの。連中の居場所も特定してるわ。私の頭にはこの街の地図が全部入ってるから、指示する』

「それは頼もしいな」と俺は言った。

「持つべきものは優秀な妹たちですね」

「全くだ」

『嬉《うれ》しいけど、その台詞《せりふ》は窃盗団を捕まえてからにしてくれる？』

アンナの言うとおりだ。

俺たちはアンナの指示に従って、入り組んだ路地を駆ける。

すると、三つ目の角を曲がったところで、再び窃盗団の姿を捕捉した。連中は俺たちの追跡に気づくと狼狽《ろうばい》した様子になる。

「な、なぜ、俺たちの居場所が……！」

「俺には優秀な娘がいるんでね。お前たちが王都のどこに逃げ込もうと、娘たちの包囲網から逃れることはできない」

やがて、窃盗団は路地の突き当たりへと追い詰められた。

その場所は人気がなく、じめじめとして開けていた。

非行と暴力を披露するにはおあつらえ向きだ。

「もう逃げ場はないぞ」と俺が言う。

「度重なる金品の強奪だけでは飽き足らず、自分たちが逃げるために、いたいけな少女を犠牲にしようとする悪辣さ——見逃すわけにはいきません。あなたたちはこの私が責任を持って牢屋《ろうや》へ叩《たた》き込んで罪を償わせます」

「もう逃げ場はない、ねえ」

窃盗団の男がにやりと口元を歪《ゆが》めた。

「追い詰められたのは、お前たちの方だ」

すると——。

薄暗い路地の陰から、何人もの男たちがぬうっと姿を現した。ぱっと見ただけでも十人近くはいる。

「元々、ここで仲間たちと落ち合う予定だったんだ。嵌《は》めたつもりだっただろうが、お前らは嵌められたんだよ」

「ひゃはは！　ボコボコにしてやるよ！」

「生きて帰れると思うな！」

「そうか。こいつらは仲間だったのか。そりゃ好都合だ。なあ、エルザ」

俺はエルザに向かって微笑《ほほえ》みかける。

「ええ。あなたがたが一堂に会してくれれば、わざわざ残党を捜す手間が省けます。ここで残らず一網打尽です」

「お前ら、目ん玉付いてるのか？　これだけの人数差だぜ？　たった二人で、俺たち全員に勝てると思ってるのか？」

「それはこっちの台詞だよ」と俺は不敵に笑う。

「抜かせッ！」

窃盗団が一斉に俺たちに飛びかかってきた。

その数分後――。

俺とエルザの眼前には窃盗団の男たちが倒れていた。

皆、戦意を喪失し、苦しげな呻《うめ》き声《ごえ》を上げていた。

「な、何だお前ら……強すぎる……！」

「ありえねえ……！　俺たち盗賊団をたった二人で倒すなんて……！」

「そりゃ。ここにいるエルザは王都の騎士団長だからな。お前らがいくら束になったとしても到底敵《かな》わないだろうさ」

「こ、こいつが例のSランク冒険者だってのか……」

　がくり、と窃盗団たちは気を失った。


　窃盗団は一人残らずお縄となった。

「結局、せっかくの休日も騎士団の業務に携わってしまいました」

「そうだな。だけど、窃盗団を野放しにしたまま休日を満喫したとしても、エルザはそれを良しとはしないだろう？」

「当然です。私は騎士団長ですから」

　俺はその言葉を聞いて微笑みを浮かべる。

　誠実で責任感のある、いい娘に育ったものだ。

　俺には勿体《もったい》ないくらいだ。

「ま。良いんじゃない？　たまにはこういう休日の過ごし方も。私も結構、窃盗団を追い詰めるの楽しかったしね」

「アンナはドSだもんねー。人を追い込むの大好きだし」

「ん？　メリル。何か言った？」

「何でもなーい」

こうして俺たちの休日は幕を閉じたのだった。

第二十九話

「カイゼルさん。お願いします！　アンナさんの弱点を教えてください！」

冒険者ギルドの建物内。

テーブルを挟んで対面に座るモニカが、俺にそう尋ねてきた。ぐい、と身を乗り出した彼女は真剣な表情をしている。

「……えっ？　今、何て言ったんだ？」

「もう。ちゃんと聞いておいてくださいよ。もう一度言いますからね？　私にアンナさんの弱点を教えてください！」

モニカは仕方ないなあ、というように繰り返した。

……どうやら、俺の聞き間違いではなかったらしい。

「どうしてアンナの弱点を知る必要が？」

「そんなの決まってます。アンナさんは完璧すぎるからです。知的で可愛《かわい》くて、気配りができて、史上最年少でギルドマスターになるほど才能があって、おまけにカイゼルさんのような格好良いお父さんまでいる。こんなのあんまりですっ！　天はアンナさんにどれだけ授ければ気が済むんですか!?　きちんと仕分けしろーっ！」

「お、おう」

「たった二つしか年が違わないのに、ここまで人間としての差があると、モチベーション下がっちゃいますよ。ホント」

モニカはあーあというふうに溜息《ためいき》をついた。

ころころと表情が変わって忙しい。何だか珍しい動物を見ている気分になる。

「このままだとお仕事に支障が出ちゃいます。サボり確定です」

「だから、アンナの弱点を知りたいと？」

「そうです。それにアンナさんの弱点を知ることができれば、私が仕事でミスしちゃって怒られた時も、『でも私、アンナさんの弱点を知ってるしなー』という優越感を抱くことができますし！　どやっ！」

「そこはまずミスしないようにすればいいのでは……？」

「あーあー。聞こえなーい」

モニカはその場にしゃがみ込んで両耳を塞いだ。

「アンナさんも人の子ですから。あるはずなんです。他の長所を全て打ち消すだけの弱点というものが」

「他の長所を打ち消すだけの弱点ねえ……」

「例えば、乳首が尋常じゃないほど長いとか、超がつくほどの便秘持ちとか、死ぬほどの切《き》れ痔《じ》だとか。ありませんか？」

「弱点のジャンルがえらく偏ってるような気がするけど……。そうだなあ。一応、アンナにも弱点らしきものはあるよ」

「ホントですか!?　教えてください！　今すぐに！」

「あいつは子供の頃から虫が大の苦手なんだ。子供の頃、ケムシに刺されたとかで。だからろくに触ることもできない」

「虫ですか……。それは良いことを聞きました」

モニカは俺の言葉を聞いて、にやりと不敵な笑みを滲《にじ》ませた。

「ふっふっふ……。アンナさん。あなたが完璧美少女なのは今日まで。私がその化けの皮を剝がしてあげます！」

「って、どこに行くんだ？　今、仕事中だろ？」

「仕事なんてしている場合じゃありません！　打倒アンナさんの準備をしないと！　うおおおおお！　燃えてきましたよー！」

モニカは仕事をほっぽり出すと、外へと駆けていった。

しばらくして、モニカがギルド内へと帰ってきた。膝に手をつき、汗だくだ。

「はあ……はあ……」

「随分と疲れてるようだけど。何をしてたんだ？」

「これを作ってたんですよ！」

モニカがどや顔で掲げたのは――紙で作ったケムシのオブジェだった。ぱっと見ただけでは本物と見紛《みまが》うほどに精巧だ。

「この偽ケムシを使って、アンナさんの悲鳴を引き出します。完璧美少女でいられるのは今日が最後ですよ！」

「……………」

凄《すご》いモチベーションの高さだ。

これがほんの少しでも仕事に向けば……と思わないでもない。まあ、仕事と趣味の熱量は比例しないとも言うし。

「あら。パパ。来てたのね」

奥にいたアンナが俺たちに気づいて声を掛けてきた。

「お邪魔してるよ」

「ふふ。パパが王都に来てくれたおかげで、難しい依頼が来ても、こなせるかどうか心配せずに済んで助かるわ」

俺とアンナが談笑している時だった。

モニカはさりげなくアンナの背後に回り込むと、

「今だッ！」

手に持っていたケムシのオブジェをアンナの襟元に差し入れた。

「アンナさん！　背中にケムシが入りました！」

「ひゃあああっ！」

アンナはケムシという言葉を聞いた途端、思わず飛び上がった。背中に入った偽ケムシがかさかさと服の中で肌と擦《こす》れる。

「きゃあああああ!?」

アンナは悲鳴と共にその場に崩れ落ちた。傍《そば》にいたモニカの服の裾を摑《つか》むと、泣き出しそうな上目遣いで言った。

「取って！　モニカちゃん！　早く取って！」

「あれ？　おっかしーなー。どこだろー（棒読み）」

「お願い……！　ケムシは……！　ケムシだけはダメなの……！　ぐすっ……！　モニカちゃん早く取ってぇぇ……！」

「な、涙目のアンナさんが私に頼って……。可愛い……！」

モニカは憔悴《しょうすい》しきったアンナの様子を見て、きゅんと来ていた。胸に手を当て、恍惚《こうこつ》とした表情を浮かべている。

「分かりました！　私に任せておいてください！」

頼られたモニカは機嫌を良くすると、アンナの服の中に手を入れた。

「あっ……ひゃっ……そこ……違うでしょ……！」

アンナはモニカに全身をまさぐられて、くぐもった声を漏らしていた。ビクッビクッ、と身体《からだ》を小刻みに震わせる。

「ここか！　ここがええのんか!?」

「やぁっ……！　ダメぇ……！」

こらこら。

ケムシを取ることを口実に、アンナの身体をまさぐるんじゃない。完全にセクハラ親父《おやじ》みたいになってるからな。

「じゃーん！　取れました！」

モニカは威勢の良い声と共に、右手を天に掲げた。

そこには――偽のケムシ。

「……よ、よかった。早く外に捨ててきて――って、ん？」

ホッと胸をなで下ろしたアンナはしかし、モニカの手に掴まれたケムシを目にするなり疑いの色を浮かべた。

「そのケムシ……よく見ると紙で出来た偽物じゃない？」

「うひゃっ!?」

「……いったいどういうことかしら？　パパ。モニカちゃん。知ってることは全部話した方が身のためよ？」

「ひいいいいっ!?」

笑顔が怖い。アンナが本気で怒った時はこうなのだ。村の連中はこの状態の時のアンナを修羅と呼んで恐れていた。

結局、モニカはアンナに詰問されて、全て洗いざらい白状していた。

「なるほど。全部、モニカちゃんの差し金だったってわけ。仕事をサボって、こんなものを熱心に作ってたのね」

「お、お許しを……」

「ダーメ♪　今日はたっぷり、残業して貰《もら》うから♪」

「ひいいいいい！」

満面の笑みを浮かべるアンナを前に、モニカは悲鳴を上げていた。……さっきとは真逆の構図になったなあ。

「で？　アンナの弱点を知れて満足できたか？」

と俺はモニカに尋ねる。

「そうですねー。でも、虫が苦手っていう弱点は、アンナさんの可愛さを引き立てただけのような気がします。ただ……」

「ただ？」

「アンナさんを虐《いじ》めるのが楽しいって分かったことは収穫でした♪　今後も弱点、色々と教えてくださいね！」

「…………」

こってり絞られた後も、モニカは全然懲りていなかった。それどころかむしろ、更なるやる気を覗《のぞ》かせている。

凄くタフだな。これを少しは仕事で発揮すればいいのに……。

第三十話

夜。

大衆酒場のテーブルの前に俺は座っていた。

同席していたのは魔法学園の学園長であるマリリン。教師のイレーネ。そして俺を目の敵にしていたノーマンの三人だった。

「えー。今日はよく集まってくれた。儂《わし》も含めた魔法学園の講師陣で卓を囲み、お互いに親睦を深められればと思う。無礼講じゃ」

マリリンは卓を囲む面々を見回すと、にんまりと笑った。

「では、皆の衆、乾杯と行こうか」

「「乾杯!」」

俺たちは各々の掲げた杯を合わせた。

その後、ジョッキに入ったエールをぐいっと呑《の》んだ。キンキンに冷えたほろ苦いエールが喉元を通り抜け、五臓六腑《ごぞうろっぷ》に染み渡る。

ちなみに全員、飲み物はエールを注文していた。

「学園長。大丈夫なのですか? エールを呑んでも。学園長の見た目であれば、ジュースを頼むのが鉄板では？」とイレーネが言った。

「バカを言うな。儂は未成年ではない。立派な大人じゃ。オレンジジュースのようなガキの飲み物で満足できるか」

「学園長は普段から、お酒を嗜《たしな》むんですか？」と俺が尋ねる。

「うむ。アルコール濃度は強ければ強いほど良い。酔いが回っている時だけが、儂が儂でいられる時間だからのう」

「アル中みたいなことを言ってる……」

幼女の見た目からは、普通飛び出さないであろう言葉だ。

「それよりカイゼル。お主のことじゃ」

「俺のことですか？」

「うむ。授業、随分と評判になっているらしいの。何でも、他クラスの生徒が自分の授業をサボって聴講に来るほどだとか」

「ええ。それに教師陣もよく聴講に訪れていますよ。かくいう私も、カイゼルさんに毎回勉強させて頂いています」

イレーネは自分の授業がある時以外、ほとんど毎回聴講に訪れていた。

授業終わりには生徒に交じって質問にも来る。

勉強熱心だな、と俺はいつも感心していた。

「学園長。カイゼルさんの授業は凄いんですよ。凄く複雑な内容を、誰にでも分かるような平明さで伝えるんです。本当に目から鱗《うろこ》が落ちることばかりで。講師としても魔法使いとしても尊敬することしきりです」

「イレーネ。お主、随分と熱心に語るのう」

マリリンはにやりと口元を歪《ゆが》めた。

「もしや、カイゼルに惚《ほ》れておるのか？　んん？」

「ひゃわっ!?　ほ、惚れっ!?」

イレーネはわたわたと胸の前で両手を振り、狼狽《ろうばい》している。顔が真っ赤になっているのは酒のせいだけではないだろう。

マリリンはその反応を見て満足そうな顔になる。

「カイゼル。お主、娘はおるが、結婚はしておらんのだろ？　だったら、イレーネと結婚してみてはどうじゃ？」

「け、結婚ですか？」

「うむ。イレーネは堅物じゃが、器量は良いし、胸は大きく安産体型じゃ」

「学園長！　止《や》めてください！　セクハラで訴えますよ！　次に会うのは法廷ということになりますが!?」

「くっくっく。儂は魔法学園の学園長じゃからな。訴えられたところで、法廷に根回しをすれば勝つことは容易《たやす》い」

「け、権力者めえ……！」

イレーネはマリリンを恨みがましく睨《にら》みつけていた。

マリリンはその睨みを受けても、何のことはない涼しい表情をしていた。睨みもそしりも意に介していない。

「どうじゃ。カイゼル。イレーネのような女はタイプでないか？」

「いえ。素敵な女性だと思いますよ」

「ふああっ!?　か、カイゼルさん!?」

イレーネは声を裏返らせて叫んだ。

そしてもじもじとしながら――。

「こ、困ります……。そんな……。いえ。嬉《うれ》しくはあるのですが……。カイゼルさんにはすでに三人の娘さんがいますし……。私との間に子供ができたら、その子と娘さんたちの間に軋轢《あつれき》が生まれてしまうかも……」

「もう子供が生まれた後のことを考えておるのか？　イレーネよ。お主、ちょっと妄想が捗《はかど》りすぎているのではないか？」

マリリンは呆《あき》れ交じりに呟《つぶや》いた。

「それと、今のカイゼルの『素敵な女性だと思いますよ』という言葉は、告白ではなくただの社交辞令だと思うぞ？」

「えっ!?」とイレーネは驚愕《きょうがく》の声を漏らす。

「お主は真に受けていたようじゃが……。やはり、交際経験のない生娘のままだとピュアになってしまうんじゃなあ」

「…………」

イレーネのメガネの奥の瞳の明かりがふっと消えた。

「学園長。今すぐ私を魔法で消し去ってください。粒子一つ残らないほどに。記憶と肉体を全て消し飛ばしてください」

「えー。面倒くさいのう。酔ってる時に魔法など使いとうない」

「お願いです！　このまま恥を抱えたまま生きていたくありません！　生娘特有の自意識をこじらせてしまって！　うう！」

「良いじゃないか！　生娘でも！　いや、生娘こそが最高だ！」

ドン！

さっきから沈黙を保っていたノーマンが、テーブルを思い切り叩《たた》いた。その目には尋常ならざる熱意の光。

「ノーマン。お主……処女厨《ちゆう》だったのか？」

「当然だ！　男は皆、処女厨に決まっている！　処女こそが至高の存在！　婚姻前の非処女は全員、牢屋《ろうや》にぶちこんでおけッ！」

ノーマンは熱っぽく弁舌を振るった。

「これは中々、芳醇《ほうじゅん》な処女厨じゃのう」

マリリンは苦笑していた。

「ノーマンさん。正直、引いてしまいます」

イレーネは冷めきった目をしていた。

「………」

ノーマンとしては、イレーネを擁護するために吐いた言葉だったのだろう。しかし当の彼女からは引かれてしまった。

ノーマンはごほん、と一度咳払《せきばら》いをしたかと思うと――。

「ええい！　酒を持ってこい！　記憶がなくなるほどッ！」

ぐびぐびとエールを流し込み始めた。

イレーネは学園長に魔法で自身を消して欲しいと懇願し、ノーマンは記憶を飛ばすほどエールをがぶ飲みしている。

飲み会の場はカオスと化していた。

「くっくっく……。飲み会はこうでなくてはの♪」

マリリンはその様子を一人、下々を見守る神のように静観していた。

「うっぷ。おえ」

「ノーマン。しっかりしろ」

店の外。

夜も更けた大通り。

俺は酔いつぶれたノーマンに肩を貸し、介抱しながら歩いていた。

「ぐぐっ……。私はもうダメだ。教師としての威厳を失い、イレーネ先生にはすっかりと愛想を尽かされてしまった」

「そう悲観しなくとも。あんたは魔法使いとしての実力は確かなんだ。これから名誉挽回《ばんかい》のチャンスはいくらでもあるさ」

「カイゼル。貴様。私の肩を持ってくれるというのか……！　あれだけ私が嫌みな対応をとり続けたのに……！」

「外部から来た人間が上手《うま》くいってたら気分のいいものじゃない。あんたの気持ちは、俺も理解できるつもりだ。それに」

「それに？」

「俺たちは同じ魔法学園の講師だろう？　助け合いだよ」

俺はノーマンに向かって微笑《ほほえ》みかけた。

「おお。カイゼル。心の友よ……！　私を分かってくれるのは貴様だけだ……！　世の中捨てたものではないな」

ノーマンはうるうると涙目になっていた。

「カイゼル。二軒目に行くぞ。私が奢《おご》る」

「えっ。まだ呑むのか？」

「当然だ。男同士の夜は長いのだからな」

「……やれやれ。仕方ないな。付き合おう」

「そうこなくては」

月夜の下、俺たちは二軒目の酒場に向かって歩いていく。そして二人で飲み明かしたのだった。

おかげで男同士、親睦が深まった気がする。

第三十一話

明くる日。

俺は午前中、アンナに頼まれた冒険者ギルドのCランクの任務をこなし、午後からは半休となっていた。

珍しく特に予定があるわけでもない。

なので、当てもなく市場をぶらぶらと歩いていた。

相変わらず、市場内は人で賑《にぎ》わっていた。するとその時、人混みの中を掻《か》き分けるように向かいから走ってくる者が。

小さな女の子だった。布の服に身を包んでいる。

年齢は恐らく十歳前後だろう。

つんとした猫のような顔立ち。目は水晶のように大きい。その外見はまるで人形のように浮き世離れした可愛《かわい》さがある。どことなく佇《たたず》まいに気品を感じた。

そんな彼女は――なぜか必死の形相をしていた。

「おい！　誰か！　その子を捕まえてくれ！」

少女の肩口越しに飛んできた声。

——何だ？　もしかして、誰かが少女を誘拐しようとして？

そう思ったが、少女の捕獲を要請したのが顔見知りの店主だったのを見て、俺はどちらの陣営につくのかを決めた。

少女が俺の傍《そば》を通り抜けようとしたところを、足を引っかけた。重心が前に崩れようとしたのを差し出した右腕で支える。

そのまま彼女の華奢《きやしや》な体軀《たいく》を小脇に抱え込んだ。

「放せ！　放さんか！　バカモノッ！」

俺に抱えられた少女が、両足をバタバタと動かしながら抵抗する。

そのうち、店主が追いついてきた。

「はあ。はあ……」

「いったいどうしたんです？」

「この娘がうちの商品を食い逃げしたんだ。店先に並んでいたリンゴを勝手に手に取って食べやがった」

「私は食い逃げなどという卑劣な真似《まね》はしていない！　リンゴを食べるのに金が必要だと知らなかったんだ！」

彼女曰《いわ》く——。

市場を歩いていたら、美味《おい》しそうなリンゴが店先に並んでいた。

ちょうど小腹も空《す》いていたので、手に取って食べた。店のリンゴを食べるのに金が必要になるのだとは知らなかった。すると、店主に『こらっ！』と怒鳴られて、びっくりして咄嗟《とっさ》に逃げ出してしまった——ということらしい。

「そんな言い訳が通じるかッ！　この泥棒娘が！」

「なっ——！　私が泥棒娘だと!?　ふざけるなッ！　店主、貴様、今の言葉は取り消して貰《もら》おうか！」

「取り消して欲しいなら、まず金を払え！」

「うぐっ……。金は……持っていない……」

「だったらムリだな！　とにかく、巡回中の騎士に来て貰う。親を呼び出して、食い逃げの罪を償って貰おうか」

「き、騎士を呼ぶのは勘弁して欲しい！　後生だ！　親を呼び出されたら、お前も良くないことになるぞ!?」

「何だそりゃ。どうして俺が良くないことになるんだよ」

「そ、それは……」

「——ったく。脅そうとしても無駄だ。そんなに通報しないで欲しいなら、まずはリンゴの代金を払うんだな」

「だから、金はないと言っているだろう！」

話が堂々巡りをしていた。

このままではきっと、店主が騎士を呼ぶことになるだろう。そうすれば少女はこってりと絞られることになる。

それは可哀想《かわいそう》だよな……。仕方ない。

「じゃあ、ここは俺が代金を払いますよ」

「「えっ!?」」

少女も店主も同時に俺の方を見やった。

「カイゼルさん。本気かい？」

店主が信じられないというふうに尋ねてくる。

「ええ。この子、お金を持ってないみたいだし。反省もしてるみたいだし。ここはどうか一つ許してやってよ」

俺はそう言うと、店主にお金を握らせた。

少女が盗もうとしたリンゴの十倍近い値段。

「こ、こんなに……？」

「まあ。迷惑料みたいなもんだと思ってくれれば」

「いつもご贔屓《ひいき》にしてくれてるあんたがそう言うのなら……。おい、小娘。カイゼルさんに感謝しておくんだな」

店主はどうやら許してくれたらしい。

少女に向かって「しっしっ」とハエを払うような仕草をすると、少女は「んべーっ」と目を剝《む》いて舌を覗《のぞ》かせた。

「こ、このガキャ！」

「うるさい！　バーカバーカ！」

少女は店主を煽《あお》るだけ煽ると、店の前から走り去っていった。しばらく行ったところで俺に向かって声を掛けてきた。

「ふん。礼を言うぞ。お前のおかげで助かった」

「そりゃよかった」

「だが、なぜ私の代わりに金を払った？　私とお前は赤の他人。わざわざ金を払う義理はないはずだが」

少女ははっとしたような表情になる。

「もしかして、お前……ロリコンという人種か？　私に恩を売って、その引き換えとしていかがわしいことをしようとしているのか？」

「そんなわけないだろ」

俺は苦笑すると、

「あの場はああしないと収まらなかっただろうし。それに君はお金を払わないとリンゴが食べられないのを知らなかったんだろ？　だったら、今後はもうしないだろうし、騎士や両親を呼ぶのはやりすぎかなって」

「私がその場しのぎの嘘《うそ》をついていたかもしれんだろう」

「もしそうだとすれば、そんなことは聞いてこないだろ。それに君が嘘つきじゃないことは目を見れば分かるさ」

冒険者としての勘だ。

するとーー。

「くっ……ははは！」

少女は突如、高らかに笑い出した。

「お前、面白い奴《やつ》だな。気に入った！」

なぜか気に入られてしまった。年端もいかない少女に。

「お前。名前は？」

「カイゼルだが」

「そうか。カイゼルかーーって、ん？　カイゼル？　お前……もしかして、エルザという娘がいるのではないか？」

「エルザは確かに俺の娘だが……。知ってるのか？」

「知ってるも何も、彼女はーー」

少女が何か言葉を紡ごうとしたその瞬間だった。

「プリム様！」

聞き覚えのある凜《りん》とした声が響いた。

見ると、騎士団の鎧《よろい》をつけたエルザがこっちに駆けてきていた。

プリム――というのは彼女の名前だろうか。

「プリム様。捜しましたよ。また勝手に城を抜け出して。城の方々や騎士団一同、大慌てだったんですからね」

「ふっふっふ。誰にも見つからんよう万全を尽くしたからな」

「自慢げに言わないでください」

エルザはそこでプリムの隣にいた俺に気づいた。

「父上。どうしてここに？」

「いや。ちょっとな。それよりこの子は？　知り合いなのか？」

「知り合いというか……」

どうしたのだろう。妙に歯切れが悪いな。

「エルザは私の近衛兵《このえへい》だ」

プリムがエルザの代わりに答えた。

「近衛兵？ってことは……」

　エルザがこくりと頷《うなず》いた。

「このお方――プリム様はこの国の姫君です」

「ええっ!?」

　つまり――姫様ってことか!?

　国王陛下と女王陛下の娘。

「そうだ。私の名はプリム・ヴァーゲンシュタイン。偉大なる王――ソドム・ヴァーゲンシュタインの一人娘だ」

「プリム様。とにかく城に戻りますよ。皆が心配しています」

「ふむ……。まだしたいことはたくさんあったのだが。仕方ないな。今日のところは素直に従っておくことにしよう」

　プリムはそう言うと、

「カイゼル。今日は助かったぞ。では、またな」

　と言い残して去っていった。

「姫様！　お待ちください！」

　エルザがその後を慌てて追いかけていく。あの様子からして、近衛兵として日々姫様に振り回されているのだろう。

　――しかし、あの子がまさか、姫様だったとはな……。

さっきの店主が騎士を呼び、ご両親を呼び出すことになっていたら、今頃はえらいことになっていただろう。

この国の最高権力者がやってくるのだ。

下手をすると店主の首が飛ぶことにもなりかねない。

姫様が通報されるのを嫌がったのは、保身というよりは、どちらかというとそっちの方が大きいのかもしれない。

俺はプリムを助けたつもりだったのだが、結果的には、店主の命をも救っていたことになるのかもしれない。

第三十二話

「父上。折り入ってお願いがあるのですが」

夜。自宅のリビング。

エルザが俺の下にやってくると切り出してきた。

俺は手元の新聞から顔を上げる。

「ん？　珍しいな。エルザが俺に頼み事なんて。いいぞ。何でも言ってくれ。できる限りのことは協力しよう」

「ありがとうございます。実は明日、城に来て欲しいのです」

「城に？　俺が？」

「ええ。プリム様が父上にお会いしたいと申しておりまして」

プリム――というのは王都の姫君の名前だ。

この前、お忍びで市場にやってきて食い逃げ犯扱いされていたところを、俺が代わりに代金を払って助けてあげた。

「今日はそれでずっと駄々をこねていまして。城中、大騒ぎだったのです。なので父上にご足労願えないかと……」

エルザの表情は疲れきっていた。

近衛兵であるエルザは、言わば姫様のお目付役。ワガママを言うプリムに、随分と振り回されたであろうことが窺《うかが》える。

エルザも色々と大変なんだな……。

思わず同情してしまった。

「他ならぬ愛娘《まなむすめ》の頼みだ。分かった」

「本当ですか！　助かりました！」

エルザの表情に掛かっていた雲が、ぱあっと晴れ渡った。

大きな胸に手を置くと、ほっとしたように息をついている。

明日は一応、冒険者ギルドに行くつもりだったが、アンナに事情を伝えると、エルザの方を優先してあげてと言われた。

そして翌日。

俺はエルザと共に城へと赴いていた。

王都の中心部にある豪奢《ごうしゃ》な城——その前には跳ね橋が架かっていた。手前の城門には騎士が左右に分かれて立っている。

俺たちに気づくと、騎士たちは駆け寄ってきた。

その目の下にはひどい隈《くま》。

「おおっ！　カイゼル殿！　来てくださいましたか！　よかった……！　これで姫様がもう暴れずに済む……！」

「さあ！　すぐに謁見してください！」

ただ訪問しただけで、めちゃくちゃ感謝されてしまった。

昨日、プリムはどれだけ駄々をこねたのだろうか……。

苦笑するエルザに案内されつつ、城内に足を踏み入れる。

高級そうな絨毯《じゅうたん》の敷かれた廊下を歩き、階段を上る。そして、王の間へと通じる豪奢な両開きの扉を開け放った。

「エルザ。ご苦労だったな」と出迎えたのはプリムだった。本来、王が座るべき玉座に足を組みながら座っている。

以前の布の服ではなく、ドレスに身を包んでいた。

こうして見ると、やっぱりお姫様という感じがする。一人の少女の中に、凛々《りり》しさと華々しさが見事に同居している。

王族としての気品のようなものも漂っていた。

「あらあら～。あなたがカイゼルさん？」

プリムの隣に座っていた女性が声を発した。

豪奢なレースのドレス姿。

おっとりとした雰囲気を醸し出す彼女は、絶世の美女。

この国の女王陛下――ソニア・ヴァーゲンシュタインである。

「――あっ」

俺は彼女を見た途端、思わず声を漏らした。

女王陛下とは冒険者の頃、何度かお会いしたことがあった。任務達成の功績を称《たた》えられて勲章を貰《もら》ったこともある。

彼女は俺の名前を知っている。なら、気づかれてしまうかも――。

「初めまして～。うちのプリムちゃんがお世話になりました～」

……あれ？

「……女王陛下。俺のこと、覚えてらっしゃいませんか」

「？　どこかでお目にかかりました？」

どうやら覚えていないらしい。当時とは人相が変わっているからか？　けれど、名前を聞いて心当たりがないというのは……。

まあいい。覚えていないのは好都合だ。

「いえ、失礼致しました。女王陛下。お初にお目に掛かります」と俺はその場に跪《ひざまず》いた。

「そんな恭しくしないでも大丈夫ですよ～。実家に帰ってきたみたいな感じで、のんびりくつろいでくださいね」

　それは無茶だ。

　この厳粛な王の間でくつろげるわけがない。

「娘から話は聞いてます～。何でも代わりにお金を払って貰ったとか。ワガママな子で手を焼いたことでしょう？」

「いえ……」

「娘の面倒を見てくださってありがとうございました～。騎士さん。例のものをカイゼルさんにお渡ししてください」

「はっ！」

　パンパンと手を鳴らしたソニアに応えた騎士が、俺の下へとやってきた。

　革袋を差し出してくる。

　そこには金貨がぎっしりと詰まっていた。

「そんな！　受け取れません！」

「あら？　領地の方がよかったでしょうか？」

「そうじゃなく！　報酬なんて……」

「そうはいきません。大事な愛娘を助けて頂いてお礼をしないようでは、この国の威信に関わってしまいます」

「で、でしたら、そのお金を教会に寄付してください」

「ふふっ。分かりました。カイゼルさんの言う通りにしましょう。あなたはあまり欲のない方のようですね」

ソニアはニコニコと頬に手を宛《あて》がいながら言った。

「エルザさんの誠実さは、お父様から受け継いだものだったのですね。ふふ。素敵な方に育てられましたね」

「あ、ありがとうございます」

エルザは照れ臭そうに微笑《ほほえ》みを浮かべていた。

「母上。話を戻してもいいか」

「あらあら。ごめんなさいね」

ソニアが話の主導権を譲ると、プリムが俺の方を見やる。そしてまだ十歳前後とは思えないほどの威厳ある口調で言った。

「カイゼルよ。お前を呼び出したのは他でもない。この私――プリム・ヴァーゲンシュタインの所有物《もの》になれッ！」

「えっ？」

「私はお前のことを気に入った。私は気に入ったものは、何でも手中に収めなければ気が済まない性質《たち》なのでな」

「こらこら。プリムちゃん。言い方が乱暴でしょう？」

ソニアはやんわりと窘《たしな》めると、困ったように俺へ微笑みかけてくる。

「この子、よっぽどカイゼルさんのことが気に入ったみたいで。うちの人は五年前に亡くなってしまいましたから。父性に飢えているのだと思います」

そう——。

この国の王は五年前に病気で亡くなってしまっていた。

それ以来、この国は女王のソニアが治めている。

「プリムちゃんは所有物にしたいと言っていましたが、私としてはカイゼルさんにプリムちゃんの家庭教師になって欲しいのです」

「家庭教師ですか」

「ええ。この子に勉強や外の世界のことを教えてやって欲しいのです。私としてもエルザさんの父親であるカイゼルさんなら、安心して任せられますし。どうでしょうか？　引き受けて頂けませんか？」

「話を頂けたのは光栄なのですが……。俺は他にも仕事を掛け持ちしていまして。掛かりきりというのは難しいと思います」

「もちろん、カイゼルさんのご都合のつく日だけで構いません。ふらりと遊びに来るようなお気持ちでいいので」

ふらっと王宮に遊びに来る気持ちにはなれないと思うが……。

しかし——。

プリムは幼い頃に父親を亡くしている。

ワガママ放題にしているのも、実は寂しいからなのかもしれない。

構って欲しいんだ。きっと。

「そういうことでしたら、俺で力になれるのなら引き受けます」

「本当か!?」とプリムの表情が華やいだ。

「カイゼルさん。ありがとうございます。手間の掛かる子だとは思いますが、どうかよろしくお願いいたしますね」

こうして、俺は姫君の家庭教師を引き受けることに。

これで騎士団の教官、冒険者、魔法学園の非常勤講師に加えて、四つ目の仕事を手に入れたことになる。

恐ろしいほどのパラレルワークだ。

そのうち、過労死するんじゃなかろうか……。

第三十三話

それから何日かは他の仕事をして過ごした。

騎士団の教官をしたり、冒険者として緊急の任務に赴いたり、魔法学園の非常勤講師として授業を執り行ったり。

今日は予定が空いていたので、家庭教師に赴くことに。

……こりゃ当分、休みなしで働くことになるだろうな。まあその分、お金には随分余裕が生まれるとは思うが。

城に向かうと、城門前には大勢の人が集まっていた。老若男女。跳ね橋から城の中までずらりと列を成している。

「何かあったのか？」

俺は傍《そば》にいた顔見知りの騎士に尋ねた。

「ああ。カイゼル殿。お疲れさまです。実はですね……。退屈を持て余した姫様が自分を楽しませた者には褒美を取らせると仰《おつしや》いまして。我こそは姫様を楽しませられる、という者が王都中から集まってきているのです」

「そうだったのか」

道理で珍妙な格好をした者が多いわけだ。

きっと芸人や吟遊詩人だろう。

……あれはサーカス団だろうか？

ピエロや猛獣使いがいて、鎖で繋《つな》がれたライオンの姿も見受けられた。

――というか、大丈夫なのか？　ライオンなんか連れてきて。姫様の前で暴れでもしたらサーカス団ごと首が飛びかねないぞ。

「けど、あれだけいたら姫様も楽しめるだろう」

「いえ。姫様を楽しませられた者はまだ一人もいませんね。私もチャレンジしたのですが失敗に終わってしまいました」

「へえ。ちなみに君は何をしたんだ？」

「裸踊りです」

「えぇ……」

「姫様はゴミを見るような目をしていました。ただ、女王陛下にはバカ受けしたのでクビにならずに済みましたが」

「………」

女王陛下、結構そういうの好きなのか。

何だか意外だった。

しかし、この兵士、下手すると命が飛んでたぞ……。勇気は買うが。

「カイゼル殿も良ければチャレンジしてみてください。上手《うま》くいけば莫大《ばくだい》な褒美が手に入るでしょうし」

「考えておくよ」

「あ。裸踊りは止《や》めておいた方がいいですよ」

言われるまでもない。俺はまだ死にたくないからな。

俺は騎士と別れると、城内に踏み込んだ。

プリムに出し物をするために並んでいる列の向こうから、出番の終わった者たちがぞろぞろと出口に向かって歩いてくる。

上手くいかなかったのだろう。

皆、肩を落とし、意気消沈していた。

「あ。パパだ」

その中には愛する娘の姿もあった。

「メリル。お前も来てたのか」

「姫様を楽しませたら、いっぱいご褒美貰えるって聞いたから。ボクちゃんはぁ、パパと家族の次にお金が好きだからねー」

メリルは親指と人差し指で硬貨の形を作ってみせた。

現金な娘だ。

「どうだったんだ？　首尾の方は」

「んー。ダメだった。姫様、ぴくりとも笑わなかったよー。住宅街の子供たちにはいつもウケるのになー」

メリルは不満そうに唇を尖《とが》らせる。

「とっておきのを見せれば良かったかなー。例えば時空間魔術で姫様を飛ばすとか、この城を魔法で木《こ》っ端《ぱ》微《み》塵《じん》にするとか」

「絶対に止めてくれ！」

出し物のレベルを遥《はる》かに超えてしまっている。

もうそれは事件だから。

「パパも姫様に出し物を披露するために来たの？」

「俺は姫様の家庭教師を頼まれてるんだよ」

「ぶー。パパ、最近、外の女の子に構ってばっかり。騎士団の子だったり、冒険者ギルドの金髪の子だったり」

「よく知ってるな」

「ボクはずっとパパのこと、見てるからねー」

俺はメリルの頭を撫《な》でると、再び歩き出す。

王の間の扉の前に立った。

「うわああ！　大変だ！　誰か来てくれ！」

重厚な扉の向こうから声がした。

俺は弾《はじ》かれたように扉を開け放つ。

王の間には先ほど見たサーカス団がいた。猛獣使いはもちろん、ピエロも化粧の上から分かるほど狼狽《ろうばい》していた。

と言うのも――。

ライオンを繋いでいた鎖が外れ、野放しになっていた。

騎士たちが剣や槍《やり》を構えて、ライオンを取り囲んでいる。

だが、獰猛《どうもう》な獣を前にした彼らは萎縮しきっていた。

女王陛下はニコニコとしながら、

「あらー。凄《すご》いパフォーマンスねえ」

と目の前の状況を上手く理解していないようだった。

「くっくっく。これでようやく少し面白くなってきたな」

プリムは悪の親玉のようににやりと口元を歪《ゆが》めていた。

動揺はしていない。

今の状況をコロシアムか何かのように捉えているのか。

「か、カイゼル殿！　加勢してください！」

「我々だけでは心許《こころもと》なくて！」

「姫様と女王陛下を守るためにもお願いします！」

騎士たちは俺の姿に気づくと、必死の形相で救援要請を送ってきた。するとサーカス団も同じような眼差《まなざ》しを向けてくる。

――戦うために来たわけじゃないんだが……仕方ないな。

俺は騎士たちの前に立つと、ライオンと相対する。

ライオンはぐるる……と唸《うな》り声《ごえ》を上げている。

その目には爛々《らんらん》とした敵意の光が宿っていた。

「ガルルッ！」

後ろ足を躍動させると、勢いよく飛びかかってきた。

ひらりと身を躱《かわ》すと、数瞬前までいた空間を爪が裂いていった。ライオンがこちらに踵《きびす》を返したところで睨《にら》みつける。

「――おとなしくしてろ」

「グガッ……!?」

ライオンの目の中に怯《おび》えの光が過《よ》ぎった。

この一瞬で、力の差を感じ取ったのだろう。全身に張り詰めていた敵意が、穴の開いた風船のように萎《しぼ》むのが分かった。

俺は萎縮したライオンの下に近づいていくと――。

「よし。お手だ」

「クゥン……」

差し出した右手に、ライオンは左手を乗せた。

「おお！　手懐《てなず》けた！」

「まるで捨て犬のようにしおらしい態度だ」

「よし！　今のうちに首輪に鎖を付け直すんだ！」

ライオンは再び、鎖で繋がれることになった。

どうやらこれで解決したようだな。

「女王陛下！　姫様！　大変申し訳ございませんでした！」

サーカス団の面々が一斉に土下座をしていた。そりゃそうだ。下手をすると大怪我《おおけが》を招いていたかもしれないのだから。

「いえいえ。お気になさらないでください〜。とても楽しめましたから〜」

ソニアはにこやかにそう応えていた。さすが女王様。器がでかい。

サーカス団の面々はプリムとソニアに繰り返し平謝りをし、許しを貰《もら》うと、次に俺の下に近づいてきてこう言った。

「助かったよ。姫様や女王陛下に何かあったら、ここにいた者たちは一族郎党、首が飛ぶことになっていた」

「それは良かった」と俺は言った。

「ふん。カイゼルよ。やっと来たのだな。お前が来ない間、退屈で仕方なかった。故にこのような催しを開いたのだ」

プリムは言った。

「しかし、私の心が躍ることはなかった。多少、さざ波が立つことはあれど、凪《なぎ》のように静まり返っていた」

「私はとっても楽しめましたよ？」

「母上は笑い上戸だからな」

「うふふ。中でも騎士の方の裸踊りは最高でした。今度、他国との会談の場であの方に裸踊りをして貰おうかしら」

絶対に止めた方がいいと思う。戦争が起きるぞ。

「カイゼルよ。私はとても退屈なのだ。楽しませてくれ」

「楽しませる……ですか」

俺はしばらく考え込んだ後、答えを出した。

「なら、俺に一つ案があります。催しを開く、ということではありませんが、きっと姫様に楽しんで貰えるかと」

第三十四話

俺はプリムを連れて城の外へと出た。

近衛兵《このえへい》であるエルザも同行している。

やってきたのは冒険者ギルドだ。

「おお。ここが冒険者ギルドというところか」とプリムが言った。「品のない粗暴な連中ばかり集まっているな！」

「「ああ!?」」

余りに率直すぎる物言いに、辺りにいる冒険者たちが凄む。

しかし、肝が据わっているプリムはどこ吹く風という表情。

「すみません！　すみません！」

代わりにエルザがぺこぺこと平謝りをしていた。

……たぶん、普段からエルザはプリムのフォローに勤《いそ》しんでいるのだろう。頭を下げる速度が尋常じゃなかった。

「父上。なぜ冒険者ギルドにプリム様を……？」

「まあ。ちょっとな」

俺は中央にある掲示板を眺めると、適当な任務を見繕う。

「お。これこれ」と依頼書を剥がすと受付に持っていった。

「あ。カイゼルさんじゃないですか！」

「モニカちゃん。この任務を受けたいんだけど」

「またBランクとかAランクの任務ですか？──って、ん？　Eランクの逃げ出した飼い犬の捜索？」

「ああ。頼むよ」

「わざわざ低ランクの任務を受けるなんて、カイゼルさん、物好きなんですね。どぎつい性癖とか持ってそう」

「なぜ任務を受けただけでそこまで言われなければならない？」

俺は任務の手続きを終えると、プリムとエルザを連れてギルドの外に出た。そして二人に向かって言った。

「というわけで──今から飼い犬を捜す」

「おい。カイゼルよ。面白いことと言うのはこれか？」

「ええ。姫様の力をお借りできればと思います。──これが似顔絵です。住宅街で行方が分からなくなったそうで」

俺はモニカから受け取った似顔絵をプリムに手渡した。

「とてもじゃないが、犬捜しが面白いとは思えんが……」

「まあまあ。騙《だま》されたと思って」

「ふむ。お前がそう言うのなら、乗ってやるが……」

プリムはそう言うと、

「行方が分からなくなったのは、住宅街と言っていたな。では、そこに向かうか。すぐに見つけて終わらせてやろう」

住宅街へと移動する。

路地が迷路のように展開している。縦に長い建物が入り組んでいるせいだろう。昼間にも拘《かか》わらず薄暗い箇所が多かった。

しばらく歩き回る——が、飼い犬が行方をくらましたのは二日前。捜しても、そう簡単には見つからなかった。

「はあ。はあ……」

プリムは早々に息切れしていた。

「姫様。お休みになりますか？」

エルザが気遣ってそう尋ねた。

「う、うむ。座って水を飲みたい——って、ん!? お、おい！ 見ろ！ あそこにいるのは例の犬ではないか!?」

憔悴《しょうすい》していたプリムの目が、大きく見開かれた。

彼女の指さした先——路地の奥に中型の雑種犬がいた。プリムは興奮した様子で手元の似顔絵と何度も見比べている。

「間違いありません！　例の犬です！」

エルザが答えた。

「プリム様。私にお任せください。捕まえて参ります——」と走り出そうとしたところで俺はエルザの腕を取った。

「いや。ここは手助けしちゃダメだ。姫様に任せないと」

「ですが……。プリム様は威勢の良さとスタミナがまるで釣り合っていないお方。飼い犬を捕まえるのは難しいかと」

「エルザよ。お前、私のことをそういうふうに思っていたのだな」

「す、すみません！　今のは失言でした！」

「くそう。王族たるもの、舐《な》められたままでいるわけにはいかん。私が直々にあの飼い犬を捕まえてみせるッ！」

プリムはそう言うと、

「待てぇぇぇぇッ！」

飼い犬の方に駆け出していった。

ドタドタドタ……。

足音が大きいせいで、飼い犬に気づかれた。

「ワンッ！」

飼い犬は踵《きびす》を返すと、路地の奥深くへ逃げていく。

「逃がすか！」

プリムはなおも飼い犬を追いかけようとする――が、温室育ちの彼女の足といつも走り回っている犬の足では比べものにならない。

みるみる距離を離され、やがて見失ってしまった。

「くうっ……！　まんまと逃げられてしまった。あの飼い犬め……。私を小バカにするかのごとくスキップするように走っていきおった」

「姫様。ドンマイです」と俺は声を掛ける。

「やはり私が助力した方が……」

「必要ない。ここまでコケにされたのだ。私は王家の名に懸けて、自分一人の力であの犬を捕まえてみせる！」

プリムはぐっと拳を握りしめると――。

「犬め。お前の首は私が取ってみせる！」

「姫様！　首を取ったらダメです！」

飼い主に生首を渡すわけにはいかない。あくまでも生け捕りでお願いしたい。


それから再び、飼い犬の捜索を開始した。

プリムは何度も飼い犬を発見し、その度に駆けずり回ったが、飼い犬の脚力には及ばずに毎回見失ってしまっていた。

そのうち、日が沈みかける時間になってきた。路地の闇がさらに濃くなる。

「姫様。そろそろ暗くなってきましたし。今日のところは引き上げませんか？　女王陛下も心配されるでしょうし」

「ダメだ！　ここまで来て退《ひ》けるか！」

プリムはエルザの提案を退ける。

「さっき、奴《やつ》はこの路地を通っていった。ということは、この先にある行き止まりに追い込むことができれば……」

ぶつぶつと作戦を呟《つぶや》いている。

方々を駆けずり回ったおかげで住宅街の地形を把握したプリムは、犬を捕まえる算段を立てているようだ。欠けている走力を知力で補おうという腹らしい。

――いい傾向じゃないか。

その時、再び犬の姿を見つけた。

「よし！　見つけた！　追うぞ！」

プリムは飼い犬目掛けて駆け出していく。

犬は踵を返して逃げ出した。跳ねるような足取りで軽快に走っていく。しかし、それは誘導されているだけだ。

奴の駆ける路地の先は――行き止まりだ。

いかに走力が優れていようと、五メートル近い壁を越えることはできない。

犬は行き場をなくして立ち尽くす。

「ふっふっふ。追い詰めたぞ！」

プリムはじりじりと飼い犬との距離を詰めると――。

「――たあっ！」

飼い犬の身体《からだ》にタックルをかました。

両手でぎゅっと抱きしめる。

「姫様！　このリードをその犬の首輪に付けてください！」と俺が投げたリードを、プリムは悪戦苦闘しつつ犬の首輪に嵌《は》めた。

リードが付いたことにより、逃げられなくなる。

「取った！　取ったぞ！」

プリムはキラキラと輝いた表情で俺たちを見てきた。

「お見事です！　姫様！」

「姫様！　やりましたね！」

俺とエルザは賞賛の言葉と共に万雷の拍手を送った。

「ふっふっふ。私はこの国の姫君だからな。これくらいは容易《たやす》いことだ。体力こそ劣れど知力の差は歴然だったなぁ!?」

エルザは薄い胸を張りながら、わっはっはと誇らしげな笑みを浮かべていた。

一日中、狭い路地で犬と追いかけっこをしていたせいだろう。着ていたお召し物は汚れに汚れてしまっている。

けれど――。

その姿はキラキラと輝いて見えた。

「――むっ。もうこんな時間か。普段は日が暮れるまでがとてつもなく長いのに、今日はえらく早かったな……」

「それほど姫様が熱中していたということですよ」

俺は言った。

「楽しんで頂けましたか？」

「そうだな……。うん……。今日はとても楽しかった。何より自分で物事を達成したことの充足感が心地よい」

「面白さというものは、誰かに与えて貰《もら》うのを待つより、自分から得ようとしないと得られないものですからね」

「なるほど。確かにそうかもしれないな」

プリムは頷《うなず》くと、

「二人とも、今日は私に付き合ってくれて感謝する。おかげでこれまでにない貴重な時間を過ごすことができた」

「良かったです」

「その、なんだ。良ければ、また……私に付き合ってくれるか？」

「もちろんです」

「私もお供いたしますよ」

「うむ」

プリムは口元に笑みを浮かべた。

「帰ったらまず、母上に今日のことを話してやるのだ。私がいかにして犬を捕まえたのかという冒険譚《たん》をな」

第三十五話

魔法学園の教室。

俺は非常勤講師として教鞭《きょうべん》を執っていた。

教室は相変わらず満席。生徒たちは皆、熱心に授業を聴いている。イレーネやノーマンなど教師陣も立ち見して受講していた。

だが――。

メリルの姿は席に見受けられない。

……おかしいな。いっしょに登校してきたんだが。サボるにしても、あいつは自分の席で堂々とサボるだろうし。

うーむ。ちょっと心配になってきたな。

次の休み時間にでも、様子を見に行ってみようか。

なんてことを考えていた時だ。

「できたーっ♪　完成ッ！」

ガラッ！

教室の扉が開け放たれ、上機嫌のメリルが現れた。

満面の笑みを浮かべている。

「メリル。授業をほっぽり出してどこに行ってたんだ?」

「んふふー。ずっと研究室に籠もってたんだー。実験、実験、また実験。暗いトンネルの中をずっと彷徨《さまよ》い歩いてたんだよ~」

そういえば、メリルは特待生として専用の実験室を与えられているのだとか。今までその研究室に籠もっていたらしい。

「だけど、ついにボクちゃんの研究が完成したの! じゃじゃーん! これが賢者の名を冠するボクの最高傑作だよ~♪」

掲げられたのは――透明なフラスコだった。

中には桃色の液体が入っていた。

何だろう。

見ていると不思議な気分になってくる。

「これがメリルの開発した最高傑作なのか?」

「うん。この薬品があれば、ボクの長年の夢が叶《かな》うんだ~♪。ふへへー。考えただけでもニヤニヤしてきちゃう」

「ふうん。よく分からないが、凄《すご》いものなんだろうな」

メリルはこれまでに何度も画期的な発明をしてきた。

魔導器もその一つだ。

今回も人々の暮らしに革命を起こすものだったりするのかも。

「メリル。その発明品、使ってみてくれよ！」

「俺たちも歴史の証人になりたいぜ！」

クラスメイトたちは賢者と称されるメリルの発明品に興味が湧いたのだろう。口々に熱を帯びた声を投げかけてくる。

「そうだねー。皆の前でお披露目するっていうのもアリかなー。その方がボクちゃん的にも燃えるしね♪」

メリルはここで発明品を披露することにしたようだ。

本来、今は授業中なので俺は止めなければならない立場だが……。生徒たちも興味津々のようだし大目に見るとするかな。

「で、その発明品はどうやって使うんだ？」

「これはねー。使用者の血液に触れることで発動するんだよー」

メリルはそう答えると、

「んにゃー。この日が来るまで長かったなあー。でも、これを使えばボクちゃんは今以上に幸せになれるしねー」

よほど機嫌が良いのか、その場でくるくると回り始めた。

タップを踏み、踊り出す。

完全に油断していたのが原因だろう。ガッ、と足元の段差につまずき、手に持っていたフラスコが宙を舞った。

「あっ……」とメリルが声を出した時には遅かった。

フラスコは床に落ち、パリンと割れた。

中の液体が広がっていく。

そしてそれはさっき俺が魔法陣の実演用のために垂らしていた血液に触れると、桃色の輝きを放ち始めた。

「あ――――っ!?」

メリルが叫び声を出した。

「め、メリル!?」

「ボクちゃんの血液で発動させるつもりだったのに！　よりにもよってパパの血液に反応して発動しちゃった！」

「それはマズイのか？」

「マズイっていうか――」

次の瞬間――。

桃色の液体は霧となって教室中に散布された。

クラスメイトたちはその霧に包み込まれる。イレーネやノーマンも。しばらくぼーっと放心状態になったかと思うと。

ポワーッ……。

彼らの瞳の中にハートが浮かび上がった。

「カイゼル先生～」

「カイゼルさん」

「カイゼル……！」

教室にいる皆が、俺に熱い眼差《まなざ》しを向けていた。

思わずぞくりとする。

受け止めきれないほどの巨大な好意を感じた。

「メリル。これは……？」

「皆、霧に包まれてパパのことが大好きになっちゃったんだよ。ボクが開発したのは散布型の強力な媚薬《びやく》だから」

「媚薬!?」

「あーあ。これでパパをメロメロにできると思ったのに。これまで以上にラブラブな関係になれると思ったのになあ」

「…………」

「カイゼルさんっ……！」

いきなり床へと押し倒された。

俺の上に乗っているのは──イレーネだった。

「私……あなたのことしか考えられなくて……カイゼルさん……私とあなたの子供は何人くらい欲しいですかっ……？」

「ええっ!?」

ダメだ。

普段、理知的なはずの彼女が、完全に理性を失ってしまっている。制服の上もはだけて下着が覗《のぞ》いていた。黒だった。

意外と大人っぽいな──じゃなくて！

「イレーネ先生！　正気に戻ってください！」

「カイゼルっ！」

「ノーマン先生!?」

「私とお前は心の友！　精神的に繋《つな》がった仲だッ！　だが、今以上の親睦を深めるために肉体的にも繋がろうではないか！」

「何言ってるんだ!?」

「カイゼル。お前がタチだ！　私はネコでいい！」

「本当に何言ってるんだ!?」

「カイゼル先生！」「カイゼル先生！」

生徒たちも雪崩のように俺へと迫ってくる。

どいつもこいつも正気を失ってしまっている。

それに普段よりも力が増大しているようだ。

俺ははっとしてメリルの方を見やった。

もしメリルが媚薬の霧に当てられていたら――俺への好意が暴走して、恐ろしい事態を引き起こすのではないか？

それこそ学園全体を破壊してしまうような。

けれど――。

彼女はいつもと変わらず、ニコニコと楽しそうな笑みを浮かべている。

「メリル！　お前は大丈夫なのか？」

「ボクちゃんは普段から、パパのこと大・大・大好きだから♪　今さら媚薬に当てられても全然変わらないよ～」

メリルはにっこりと微笑《ほほえ》みながら言った。

……えっ。この狂気のような好意を、普段から胸に宿しているのか？　それでいて理性を失わないで普通に過ごせている。

俺は背筋がうっすら寒くなるのを感じた。

第三十六話

冒険者ギルドへと足を踏み入れる。

中央にある、任務の依頼書が貼られた巨大な掲示板に向かう。

低難度の依頼書の中に時折高難度のものも交じっている。

俺の目は自然とある魔物の討伐依頼を探していた。

——エンシェントドラゴン。

それは愛する娘たちの故郷を焼き払った元凶であり、俺がこれまでの冒険者人生で打ち倒せなかった唯一の魔物。

——やっぱり、依頼書は出てないみたいだな。目撃情報もない。

当たり前といえば当たり前だ。

エンシェントドラゴンは災害指定のSランクの魔物。

目撃情報があれば、自然と王都中に噂《うわさ》が広まるはずだ。

俺の耳に入らないはずがない。

それでも毎日のように冒険者ギルドに足を運んで確認してしまうのは、俺が異様な執念を燃やしているからに他ならない。

奴《やつ》は絶対に打ち倒さなければならない。

第二第三の娘たちのような子を出さないためにも。

「あら。パパ。今日も顔を出しに来てたの？　何？　もしかして、私の仕事ぶりが心配で様子を見に来たとか？」

アンナが声を掛けてきた。

「アンナは立派に働いてる。心配なんてしてないさ」

「ふふ。ありがと。そういえば、モニカちゃんに聞いたんだけど、パパ、毎日のように掲示板を見に来てるとか。お探しの任務でもあるの？」

「まあ。そんなところだ」

「私に言ってくれれば、依頼が来たら教えてあげられるけど」

「そうか？　なら、お願いしようかな。エンシェントドラゴンの目撃情報があったら、俺に教えて欲しいんだ」

「ふーん。エンシェントドラゴン……」

「どうしたんだ？」

「ううん。偶然ってあるものだな、って思ったの。もしかすると、エンシェントドラゴンとすぐにご対面できるかも」

「えっ!?」と俺は声を漏らした。

「実はドゥエゴ火山に巨大な魔物がいたっていう目撃情報があるの。それがエンシェントドラゴンかどうかは分からないけど……。確率は低くないと思う。火山に生息する巨大な魔物は数が限られてくるから。近いうちにその目撃情報の裏付けを取るために、調査団が派遣されることになってるわ」

まさかこんなに早く手がかりを掴《つか》めるとは。

偶然なのか、それとも必然なのか。

もしかすると、互いに惹《ひ》かれ合う運命なのかもしれない。

「ドゥエゴ火山だったな。すぐに向かうとしよう」

「パパ。ちょっと待った」

アンナが俺を制止してきた。

「火山に向かうのなら、いくつか条件を出させて」

「条件?」

「一人じゃなく、パーティを組んでいくこと。それも冒険者としてのランクがBよりも上の人を二人以上。もし本当にエンシェントドラゴンがいたとすれば、さすがにパパ一人を送り出すわけにはいかないもの」

「Bランク以上か……。ただでさえ冒険者ギルドは人手不足なのに、報酬の出ない案件に協力してくれる人がいるかな」

中々、難しそうな気がするが。

「それとも一つの条件は――私を同行させること」

「アンナを？」

「ええ。私もパパに付いていかせて貰《もら》うわ。――ああ、ギルドなら大丈夫。今なら休暇も取れる時期だから」

「どうしてだ？　危険が伴うんだぞ」

「だからこそよ。私もパパの力になりたいし。それに……」

「それに？」

「ううん。もう一つの理由はナイショ。――とにかく、私を同行させてくれないと火山には行かせられない」

「そこまで言うのなら、まあ、構わないが」

俺は渋々、アンナの同行を認めることにした。

もし本当にエンシェントドラゴンと対峙《たいじ》することになれば――同行しているアンナにも火の粉が降り注ぐかもしれない。

そのことを理解した上で、アンナは行きたいと言った。

彼女ももう立派な社会人だ。

意思決定を阻む権限は父親の俺にだってないだろう。俺にできるのはただ、愛する娘を全力で守り抜くことくらいだ。

「ありがと。パパ」

アンナはウインクをしてきた。

可愛《かわい》らしい仕草だ。

「これでアンナを同行させるという条件は達成することができたが——問題はBランク以上の冒険者の頭数だな」

「何か当てがあるの？」

「うーん。取りあえず、騎士団や魔法学園の者たちに声を掛けてみよう。もしかすると手を貸してくれるかもしれない」

「そういうことなら、私が同行しますよ」

騎士団の練兵場。

俺が事情を話すと、エルザがそう申し出てくれた。

「いいのか？　報酬も出ないが」

「父上と共に戦えるというのが、私にとって何よりの報酬です。それにアンナが同行するのなら私も同行しなければ」

「どうしてだ？」

「そ、それはその。泊まりの調査と聞いたので……アンナだけが父上と水入らずの時間を過ごすのはズルいなぁと……」

エルザは両手の指をツンツンと合わせながら、小声で何かを呟《つぶや》いていた。蚊の鳴くような声量のせいで聞こえない。

「??」

「とにかく！　私も同行します！」

エルザが俺に同行してくれることになった。Sランク冒険者で、剣聖と称されるエルザがいれば心強いことこの上ない。

「パパ！　ボクちゃんも旅行する～♪」

魔法学園。

俺がメリルに声を掛けようと教室に入った途端、何も話していないにも拘《かか》わらず彼女はそう切り出してきた。

「ちょっと待てメリル。どうして知ってるんだ?」

「ボクはずっとパパのことを見てるもん。エルザとアンナが行くのなら、当然、パパのことが大好きなボクも行く～。それに皆が行っちゃったら、ボク一人だけだと炊事も洗濯もできないから困っちゃうしね。餓死、待ったなし！」

「凄《すご》く堂々と情けないことを言ってるが……。後、旅行じゃないからな。強い魔物がいるかどうか調査しに行くんだ」

「はーい♪」

メリルは楽しそうに手を上げていた。

……本当に分かってるのか？　とにかく、賢者と称されるほどの魔法使いであるメリルが来てくれるのはありがたい。

これでアンナの提示した条件はクリアした。

Sランク冒険者であるエルザと、冒険者ではないもののAからSランク相当の実力者であるメリルがいれば問題ないだろう。

結局、パーティの全員が家族になってしまったが。

戦力自体は王都でも最強と言えるはずだ。このメンバーがいれば、どんな魔物が現れたとしても戦えるだろう。

第三十七話

エルザとメリルを連れて冒険者ギルドへと向かった。

アンナにこの二人が付いてきてくれることになったと告げると、アンナは呆《あき》れたように我が家の長女と三女を見やった。

「あなたたちねえ……。仮にも騎士団長と魔法学園の首席なんでしょう？　なのに一銭にもならない調査によく参加したわね」

「他ならぬ父上の要請ですから。当然です」

「そうだよー。それにエルザとアンナだけパパといっしょなんて許せないー。ボクちゃんも交ぜてくれないと！」

「まあ。あなたたちの実力が申し分ないことは誰よりも知ってるし。パパと同行すること自体に異論はないけど。現時点で考えられる最強のパーティだし。パパにエルザとメリルが加勢すれば鬼に金棒だもの。ただ……」

「ただ？」

「王都の最高戦力が揃《そろ》ったパーティだから、私たちが不在の間、王都の戦力は随分手薄になっちゃうわね」

「問題ないだろう。二、三日空けるだけだ。それに騎士団や魔法学園の生徒、冒険者たちがいればどうにかなる」

「んー。それもそうね。最悪、私たちが帰ってくるまで持ちこたえることができれば、後は解決できるだろうし」

俺たちは王都の大通りへと向かった。

馬車が停《と》まっている。

人を運搬するための馬車を探し、御者に声を掛けた。

「どこまで行くんだ？」

「ドゥエゴ火山まで頼むよ」

行き先を告げると、御者の表情が曇った。

「ドゥエゴ火山か……。今、あの辺りは魔物が活発になってるからな。護衛なしに馬車を出すのは危険だよ」

「大丈夫です。私と父上は冒険者ですから。それなりに腕が立ちます」

御者はそこで俺たちに目を凝らした。はっとしたように目を見開く。

「あ、あんたは騎士団長のエルザ!?　それにギルドマスターのアンナに、賢者のメリルもいるじゃねえか!?」

娘たちはいずれも王都の有名人だ。

王都に出入りする御者であれば、噂《うわさ》を耳にしたことがあるだろう。

「いやあ。あんたたちが乗るのなら、護衛なんて不要だな。たとえドラゴンが襲ってこようと何とかできそうだ」

御者はさっきとは態度を一変させていた。

へらへらとした笑みを浮かべながら、揉《も》み手《で》をしてすり寄ってくる。

「それに騎士団長やギルドマスター、賢者を乗せたとなると、この馬車の価値が上がって繁盛するかもしれねえ。こりゃあ商機だぜ」

「結局、乗せて貰えるのか？」と俺は尋ねる。

「もちろんだ。あんたたちの実力なら申し分ない。運んでやろうじゃないか。ただ、料金は割高になっちまうがな」

「えー。ぼったくりだー」

メリルが不満そうに唇を尖《とが》らせる。

「いくらあんた方の腕が立つとはいえ、危険な旅になるのは変わらないからな。あっしとしてもそれなりの対価は貰わないと」

「じゃあ、おじさんは来なくていいから。馬と馬車だけ貸して♪　ボクちゃんたちが運転して勝手に行くから」

「あんた、馬のことを舐《な》めてるな？　そう簡単に乗りこなせるものじゃない。それなりに技術が必要とされるんだ」

「別に問題ないんじゃない？　エルザは騎士団で馬術の鍛錬をしてるし、パパも馬の操縦くらいはできるでしょ？」とアンナが言った。

「まあ。それくらいなら」

「いいや。ムリだな。絶対にムリだ」

御者の男は頑《かたく》なにムリを強調した。

「うちの愛馬、キャサリンはじゃじゃ馬だからな。あっし以外の人間が乗りこなすなんてのは絶対に不可能だ。ムリに乗ろうとすると立ちどころに暴れ出す。後ろ足で蹴られようものなら内臓が破裂して死に至ることもあり得る」

「いや、そんな馬、馬車に起用したらダメでしょ」

アンナがもっともなツッコミを入れた。

「キャサリンは人間を格付けして、適した人間にしか操縦を許さない。あっし以外の人間が近寄ろうものなら途端に暴れ出すだろうよ」

「そうですか？　私に懐いているように思えますが」

見ると、エルザは馬車の馬——キャサリンのたてがみを撫《な》でていた。キャサリンは心地よさそうに目を細めている。

暴れるどころか、すっかり懐いていた。

「な、何ィ――――ッ!?」

御者の男は驚愕《きょうがく》の声を上げた。

「キャサリンがあっし以外の人間に懐いているだって……!?　騎士団長の人間としての器の大きさにひれ伏したのか……？」

「良ければ、父上もぜひ撫でてあげてください」

「ああ。馬に接するのは久しぶりだな」

俺はキャサリンの下へと歩いていく。目が合った。

すると――。

「――っ！」

キャサリンは怯《おび》えたように体軀《たいく》を震わせると、その場に座り込んだ。粛々とした様子で俺に頭を差し出してくる。

「ひ、跪《ひざまず》いただとォ――!?」

「何だ。素直で可愛らしい馬じゃないか」

俺はキャサリンのたてがみを優しく撫でてやる。

「ほらね。エルザとパパだったら問題ないでしょ。私たち、勝手に行くから。おじさんは王都で待っていて貰《もら》える？」

「そうはいくか！　これはあっしの馬なんだ！」

「なんでこのおじさん、こんなに必死なの？」

「要はお金が欲しいんでしょ」

「ほえー。ボクと同じで俗物なんだねぇ」

「この馬の所有者はこの方なんだ。付いてきて貰った方がいい。馬に何かあった時に責任を取れないというのもあるし」

俺はそう言うと、

「これでドゥエゴ火山までお願いできるか」

御者の男に麻袋を渡した。

その中身を見た御者の男は目の色を変えた。

「そ、相場の十倍の金……!? こんなにいいんですか!?」

「危険な旅になるのは間違いないから。ほんの気持ちだよ」

「旦那ぁぁ！　一生ついていきます！」

旦那って……。

この御者、中々に現金な人間らしい。

とにかく、これで出発することができるようになった。

第三十八話

馬車は王都を出発した。

ドゥエゴ火山を目指して、街道を走っていく。

御者の男が御者台にて馬の手綱を引き、俺たちは荷台に乗っていた。

隣に座るメリルが俺の肩にもたれかかってくる。

「むふふ～。パパの隣はボクちゃんのものだもんね♪」

「くっ……。父上の隣の席に座る者を決めるじゃんけん……あそこで私がチョキを出していれば今頃私が隣だったのに」

エルザは自分の手を見つめながら悔しげにしていた。

「エルザはバカの一つ覚えみたいにグーばっかり出すからね～。パーを出しておけばまず負けることはないもん」

「私は騎士ですから。正々堂々、己の拳一つで戦います。チョキやパーなどの軟弱な手で勝つつもりはありません」

チョキとパーは軟弱な手なのか？

「そもそもジャンケンの手の由来って、グーが石で、チョキがハサミ、パーが紙や布っていうことらしいから。グーは拳でも何でもないわよ」

「えっ？　そうなのですか？」

「騎士の誇りを重んじるのなら、比較的剣に近いハサミのチョキで戦うべきでしょ。それならさっきの勝負も勝てたのに」

「うっ……。不覚でした」

「さすがアンナは物知りだねえ」

「これくらいは常識よ。常識」

「私は教養のなさを晒《さら》してしまいました。恥ずかしいです……！　父上に剣だけの脳筋女だと思われてしまう……！」

「別にそんなことは思わないが」

愛する娘だ。

ただ健康に生きていてくれるだけでいい。

「旦那たち、暢気《のんき》ですねえ。いつ魔物が出てくるかも分からないってのに。そもそもなぜこの時期に火山に向かうんです？」

「調査のためだよ。火山で巨大な魔物の目撃情報があったから。エンシェントドラゴンかどうか確かめに行くんだ」

仮に奴《やつ》とは違う魔物だったとしても、放っておけば被害が出る恐れがあるから討伐するつもりではあるが。

「エンシェントドラゴンっていうとアレですよね？　十数年前、ふもとの村を一つ丸ごと焼き払ったとかいう……。村は火の海になって、地獄絵図のようだったとか。当時、あっしも人伝《ひとづ》てにその凄惨さを耳にしましたよ」

御者の男はそう言うと――。

「その時はAランク冒険者が討伐に赴いて失敗したとか。王都では無敵とまで謳《うた》われた男だったのに、その失敗をきっかけに凋落《ちょうらく》したんですよね。結局、そいつは王都を追われることになったとか。えーっと。名前は何て言ったかな」

ドキリとした。彼の口から俺の名前が出るんじゃないかと。しかし、彼の記憶からは何も出てこなかったようだ。

「ありゃ。年ですかね。忘れっぽくていけねえや」

と御者の男は苦笑を浮かべた。

「しかし、そんなおっかない魔物を捜しにわざわざ出向くとは、旦那たちも物好きなんですねえ。討伐任務じゃないから、報酬金も出ないんでしょう？　旦那、もしかして何か因縁でもあるんですかい？」

「――っ」

痛いところを突かれた。

俺とエンシェントドラゴンの間には因縁がある。

……いや、俺だけじゃない。

娘たちの故郷が焼き払われたのも、本当の両親と別れることになったのも、全ては奴を討ち倒せなかったからだ。

御者の男の言葉を誤魔化そうとしたが、動揺したせいで変な間ができた。今から何か口にしても不自然になる。

かと言って、黙っていると詮索されてしまう。

そう思っていると、アンナが代わりに言葉を紡いだ。

「因縁どうこうとかじゃなくて。放っておいたら被害が出るかもしれない。なら、理由としてはそれで十分でしょ。ねえ?」

「アンナの言う通りです。父上は大きな視野で物事を捉えられる方。王都の者たちのために剣を執ったのでしょう。私もまた同じです」

「ボクはただ単にパパが行くから付いてきただけ～」

「ははあ。さすがは騎士団長やギルドマスターの父親だ。立派な考え方ですなあ。あっしにはとても真似《まね》できそうにねえや」

御者の男は今の答えで納得してくれたようだ。

……娘たちに助けられたな。

もっとも、彼女たちの言葉も間違ってはいない。

エンシェントドラゴンを放っておいたら、またあの時のような被害が出る。その前に奴を倒さなければならない。

馬車はしばらく街道を走ると、深い森の中へ入った。

樹齢数百年は下らないような巨木が、鬱蒼《うっそう》とそびえ立っている。折り重なった葉が空を覆い隠しているせいで、日中なのに夜のように暗い。

空気もひんやりと澄んでいた。

左右に巨大な木々の立ち並ぶ暗い道を、真っ直《ます》ぐに進んでいく。

「気をつけてくださいよ。この森には魔物が多く生息してますからね。運が良ければ遭遇せずに抜けられますが」

御者台に座った御者の男が、手綱を引きながら言った。

「だとすれば、今日の俺たちは運が悪いのかもしれないな」

「――えっ？」

「馬車の周りを魔物たちが遠巻きに取り囲んでる。聞こえないか？　土を踏みしめる足音がそこら中にするだろ」

「えええええ!?」

御者の男が悲鳴を上げた約十秒後。

前方の茂みから黒い影が飛び出した。

獰猛《どうもう》な狼《おおかみ》の魔物――ブラッドウルフ。

鋭い爪と牙、そして筋肉質の脚。

辺りの茂みや木々の間に、次々と赤い目が浮かび上がる。

十四近くはいるだろうか。

統率の取れた群れで獲物を屠《ほふ》る中々に厄介な敵だ。

俺たちは荷台の席を立つと、地面へと降りたった。

アンナは非戦闘員なので待機だ。

俺は御者の男にも声を掛けた。

「あなたは御者台で待機しておいてくれ。一歩も動くんじゃないぞ。ここでじっとしてる限りは身の安全を保証する」

「あ、ああ……。だが、大丈夫なのか？　三人であれだけの数……」

「ちょっと分が悪すぎるかもしれないな」

「ええっ!?　お、おい、あんたらが死んだらあっしらもおしまいなんだぞ!?　それをちゃんと分かってるのか!?」

「ん？　何か勘違いしてるみたいだな。違う違う。分が悪すぎるのは、俺たちじゃなくてブラッドウルフたちの方だよ」

俺はそう言うと、腰に差していた剣を抜いた。

「正直、こっちは一人でも十分すぎるほどなんだ。それを三人掛かりで行くのは、相手に少々申し訳ない」


数分後――。

俺たちの目の前にはブラッドウルフの骸《むくろ》が転がっていた。

十四近くいた群れだが、一匹残らず討ち倒した。

当然のように俺たちは無傷だった。

「ま。ざっとこんなものだろう。それにしても二人とも、良い動きだったな。普段よりも調子が良いんじゃないか？」

「ふふ。父上と久しぶりに共闘できるので張り切ってしまいました」

「ぶぅ。もっとパパに見て貰《もら》いたい魔法があったのにー。この子たち骨なさすぎー。準備運動にもならないじゃんかー」

「こりゃあ、凄《すげ》え。本物だ……」

御者の男は俺たちの戦いぶりを前に、啞然《あぜん》とした表情をしていた。

第三十九話

森を抜けた時には、すでに日が暮れかかっていた。

なので、しばらく進んだ先にある湖の畔《ほとり》で野営をすることにした。

この辺りは比較的穏やかで、魔物の数も少ない。仮に出現したとしても、視界が開けているので対処するのも容易だ。

馬車を湖畔に停《と》める。

荷台に積まれていた食料を降ろしていく。

御者に料金を払うと申し出たところ、

「いえいえ。もう十分にお金は貰ってますから。これ以上、旦那の財布を開けて貰うわけにはいきません」と断られてしまった。

そういうことならと納得した。

俺たちは湖畔の傍《そば》で火を起こすと、その焚《た》き火《び》を囲んで座った。堅焼きパンや干し肉といった非常食を口にする。

「うえー。あんまり美味《おい》しくなーい」

メリルが干し肉を食べるなり、げんなりしながら舌をべろんと出した。

「お肉が硬いし、塩漬けにしただけだから味も悪いし……。グルメなボクちゃんの舌にはちょっと合わないなあ」

「こら。メリル。分けて貰ったのに失礼ですよ」

「だってー」

確かにメリルの言う通りだ。

お世辞にもこの干し肉は美味《うま》いとは言えない。

それもそのはず。

干し肉といってもほとんど乾燥肉であり、塩漬けにしただけなので、美味しさとは無縁の味をしていた。

これがコショウを掛けて保存したものであれば、味は段違いに良くなるだろうが、高価なので庶民は手を出せない。

「あっしももっと、美味いものを食べたいんですがねえ。やっぱり、非常食となると味が落ちるものが多いんですよ」

「パパの手料理を食べ慣れてたら、こんなの食べられないー。もー。パパが美味しいものを作るのがいけないんだー」

「ええっ!? 俺のせいなのか!?」

「メリル。贅沢《ぜいたく》を言ってはいけませんよ。口にできるだけありがたいと思わないと。胃袋に無理やり収めるのです」

「武人の考え方ねー」

アンナがエルザの言葉に相づちを打つと、

「まあでも、味気ないのは事実よね」

と言った。

彼女もメリルの意見自体には賛成のようだ。

現に堅焼きパンを食べる手が止まっている。

「そうだな……」

食事というのは大事だ。

明日の娘たちの志気にも関わってくる。

「よし。俺たちで食料を調達するとするか。すぐ傍に湖と林があるし。魚やら木の実やらを集めれば足しになるだろう」

早速、動き始めることにした。

俺は近くに生えていた木々の枝を折った。

その先端を鋭利に削る。

「パパ。それなあに？」

「これは銛《もり》だよ。湖に潜って、魚を一突きにするんだ」

「へえー。でも、魔法を使った方が早くない？　ボクの氷魔法で湖を凍らせたり、雷魔法を使えば大漁間違いなし！」

「それだと湖にいる魚が全滅するだろ……。食べる分だけ捕らないと。生態系を壊すようなことはしたくない」

「パパは優しいんだねー」

「マナーだよ。皆は辺りを散策して、食べられそうなものを探してきてくれ。一時間ほど後に落ち合おう」

俺は上着を脱ぐと、上半身裸になった。

湖の中に飛び込む。

目を開けると、水中をぐるりと見回した。

恐らく、魚がいるはずなんだが……。

お。いた。

目の端を横切っていった魚を追った。そして右手に構えた銛を放つ。針の穴に糸を通すように魚の土手っ腹を貫いた。

まずは一匹ゲットだ。

俺は荷台から持ってきたカゴに魚を入れた。再び潜る。

良いサイズの魚を見つけると、追いかけて銛で突いた。一時間もしないうちにカゴから溢《あふ》れかえるほどの量になった。

——そろそろ良いだろう。

俺は水面に顔を出すと、湖畔へと戻った。

すでに娘たちも焚き火のところに集まっている。

「あ。パパ、おかえり～♪　お魚取れた？——って、うわっ！　カゴいっぱいにお魚が詰まってるじゃーん！」

メリルが俺の腰に抱きついてきた。

「これだけあれば、皆、お腹《なか》いっぱいになるだろ。そっちはどうだった？　食べられそうなものはあったか？」

「はい。我々は木の実やキノコを採ってきました」

「おお。こっちも大量じゃないか」

藁《わら》を編み込んでできたカゴには、木の実やキノコが山積みになっていた。よくこの短い時間で集められたものだ。

「エルザとアンナが大活躍したんだよー」

メリルが言う。

「私は幼い頃、父上と山ごもりをした経験がありますから。木の実やキノコの生えている場所はすぐに見つけられました」

「それが食べられるかどうかを判断するのは私の役目。村にいた頃、パパに教えて貰った知識が生きてくれたわ」

頼もしい娘たちだ。

俺たちは収穫した食料を焚き火で調理していく。

キノコや木の枝に刺した魚を焼いていった。木の実はそのままだ。どれも新鮮で非常食とは比べものにならない美味しさだ。

娘たちもお腹いっぱいになって満足してくれたようだ。

これで明日も戦えるだろう。

食事を終えた後は、湖にて水浴びをすることになった。

娘たちが先に湖に向かい、俺と御者の男は馬車の傍で待機。きゃっきゃうふふとした声がこちらにまで聞こえてくる。

「あー。エルザのおっぱい、また大きくなってるー！　いいなー」

「こ、こんなものは剣士にとって不要です。戦う際に邪魔になりますから。私はメリルのように身軽な方が羨ましいです」

「ぺちゃぱいってことじゃんかー！　ムカツクー！」

「あのねえ。メリル。あなたはまだ子供だから分からないかもしれないけど。女の魅力は胸の大きさだけじゃないの」

「ぶー。アンナ、知ったような口を叩《たた》いてるけど。恋人いないくせに」

「なっ⁉ べ、別にそれは関係ないでしょ⁉ どうして女の魅力を語るのに、恋人の有無が関係あるわけ⁉」

「やーい。効いてる効いてるー」

「このっ！ 待ちなさい！ 懲らしめてあげるわ！」

「待たないもんねー」

バシャバシャと水を掛け合う音が聞こえてくる。

皆、仲がいいようで何よりだ。

「美少女三人が一糸まとわぬ姿できゃっきゃうふふと楽しんでる。旦那、これは男として覗《のぞ》きに行かないと……！」

「行くわけないだろ。娘だぞ」

俺は言った。

「後、一応警告はしておくけど。覗きに行こうだなんて妙な真似《まね》をしたら、俺はあんたをどんな手を使ってでも止めるからな？」

「わ、分かってますよぉ。旦那、目がおっかないですって」

第四十話

夜も更けてきた頃。

俺たちは寝ることにした。

御者の男は御者台に横になり、他の者たちは荷台で眠る。

一応、馬車の周りに魔物よけの聖水を撒《ま》いてはいるが、念のために焚き火の前で見張りをすることにした。

二人一組。

御者の男は運転の疲れと戦力にならないから免除して、俺と娘たちが交互に入れ替わるという態勢になった。

まずは俺とエルザが見張ることに。

焚き火の前に座る。

足元には砂時計が置いてあった。上に溜《た》まった砂が下に落ちきったら、次の者と見張りを交替するという決まりだ。

「父上。今日は久しぶりに共闘できて良かったです。私としても、父上の剣を見ることで色々と勉強になりました」

「はは。エルザは騎士団長でSランク冒険者なんだ。今さら俺の剣技を見て学べることなんてあるか？」

「もちろんです。改めて思い知らされました。まだ私の剣の腕では、父上に一撃を当てることすら難しいと」

エルザは焚《た》き火《び》を眺めながらぽつりと呟《つぶや》いた。

「父上の剣技を見た時……まだ敵《かな》わないという悔しさもありましたが、それ以上に嬉《うれ》しい気持ちになりました」

「嬉しい？」

エルザはこくりと頷《うなず》いた。

「私の憧れていた父上が、今もなお、私よりもずっと強くあり続けてくれている。それが堪《たま》らなく誇らしかったのです」

「エルザ……」

「私は父上を超えたいと思いながらも、心のどこかでは父上には私より強くあって欲しいと願っているのかもしれません」

エルザは立派になった。

騎士団長になり、俺のなし得なかったSランク冒険者になった。

けれど、まだ親離れはできていないようだ。

そういう俺も、娘離れは出来ていないのだが。

「そう言われたら、鍛錬をサボることもできないな。エルザの越えるべき壁として、俺は立ちふさがり続けよう」

俺が言うと、エルザはふっと微笑を浮かべた。

それは迷子になった子供が、ようやく親を見つけた時のような。ほっとした、嬉しそうな表情だった。

「ただ見張りをしているだけというのも何だし。話を聞かせてくれないか。エルザが村を出て王都に行ってからのことを」

「はい。ぜひ」

エルザが村を出て王都に住むようになってからも、月に一度、近況報告という形で俺に手紙を送ってくれていた。

けれど、紙面からこぼれ落ちた話はたくさんあるはずだ。

できごとも、そして感情も。

最近は忙しくて娘たち一人一人と話をする機会が取れなかった。

今ならゆっくりと話すことができるだろう。

エルザが訥々《とつとつ》と紡いだ言葉は、ジグソーパズルのように、俺たちが離れていた間の空白を丁寧に埋めていってくれた。

それでも埋まらない分は、打ち合いをすることで埋めた。

エルザの振るう剣の力強さは、彼女が積み重ねてきた時間を、剣への想《おも》いを、何よりも雄弁に語ってくれていた。

俺はエルザとしばらく打ち合いをした後、足元の砂時計を見やる。上の部分にあった砂は全て落ちきっていた。

「そろそろ交替の時間だな」と俺は言った。「メリルを起こしてきてくれ」

「分かりました。……やはり父上には敵いませんね」

そう呟いたエルザの表情には、悔しさ以上の喜色が滲《にじ》んでいた。

「父上は交替しなくても平気なのですか？」

「大丈夫だ。メリルの様子を見に行ってくれるか？　もし熟睡しているようなら、俺一人だけでも構わないし」

冒険者だった頃は、一人で朝まで見張りをすることもザラだった。

それを二人一組で娘たちという態勢にしたのは、せっかくの機会だし、娘たちと話をしたいというのが大きかった。

エルザが馬車の荷台に戻った後。

メリルはすぐさま俺の下へとやってきた。

「珍しいな。てっきりもう熟睡してると思ったが」

「だってー。パパと二人きりになれるチャンスなんだもん。明日に支障が出ても、寝てる場合じゃないよね」

「それはちゃんと寝てくれ」

思わず苦笑する。

優先すべきところを間違えてしまっている。

「ねーパパ。ボクちゃんと手を繋《つな》いで欲しいなー」

「ああ。構わないぞ」

俺はメリルが差し出してきた手を握りしめた。

メリルは自分の指を、俺の指の間に絡めてくる。

「えへへー。恋人繋ぎしちゃった♪」

メリルは上目遣いになりながら言った。ニコニコしている。

「パパの手、大きくて凄《すご》く硬いね～」

「ずっと剣を握ってきたからな。無骨にもなるさ」

「ボクちゃんは格好良いと思うなあ」

「そう言ってくれるのはきっと、メリルくらいだ」

「やったぁ。ボクちゃん、パパを独り占めできるね」

メリルはそう言うと、俺の肩にそっと頭を預けてきた。

「むふふー。パパ、好きー♪　パパは？」

「俺もメリルのことが好きだよ」

「ホント？」

「もちろん」

「でへへ。嬉しい～」

メリルはデレデレとした表情になった。

「ボクとパパは両想いだねっ。死が二人を分かつことになっても、輪廻《りんね》転生して何度でも巡り合う運命なんだよ」

「そこまでは分からないが」

「絶対そうだよ。――あ、でも安心して。ボクがそのうち、不老不死の研究を完成させて永遠の世界を作るからね！」

「………」

さっきエルザはまだ親離れできていないと言ったが、メリルはその比じゃない。永遠に親離れできなそうだ。

第四十一話

砂時計の砂が全て下に落ちた。

見張りの交替の時間だ。

メリルはずっとパパといっしょにいたいとゴネていたが、明日の戦闘に響くからと説得して荷台へと戻らせた。

アンナが入れ違いで俺の下へやってくる。

「メリル。相当不満げだったけど」

「だろうな」

「ふふ。パパも苦労させられるわね」

「アンナほどじゃない。普段、冒険者たちの相手をしてるんだからな。我の強い彼らの相手をするのは大変だろう」

「まあね。皆が皆、パパみたいだったら良かったのに。王都に来てから、パパが冒険者としては異端だったと知ったわ」

「はは。まあ座ってくれ。積もる話もあるだろう」

「そうね。私もパパと話したいと思ってたし。ちょうど良かったわ。今なら他の子たちの耳に入れずに済むもの」

「何だ。悩み事でもあるのか？」

「ううん。そんなのじゃない。私の中ではもう解決したことだし。ただちょっと、パパに確認しておきたいだけ」

「確認？」

アンナは小さく頷いた。

「ねえ。パパ。エンシェントドラゴンの討伐にこだわってるのは――私たちの故郷の村を守れなかった負い目があるから？」

俺は言葉をなくしてしまう。

生温《なまぬる》い風が吹いて、焚き火の炎がゆらりと重たげに揺れた。赤い光が、アンナの横顔の輪郭を闇に浮かび上がらせている。

不自然なほどの沈黙を置いた後、ようやく言葉を返した。

「……どういうことだ？」

「パパは元々Aランク冒険者として王都で活躍していた。剣を握れば剣聖、魔法を使えば賢者と称されるほどの実力者だったのよね。Sランク冒険者に昇格するのは時間の問題だと言われていた。けれど――とある任務の後、カイゼル・クライドは事実上、冒険者を引退することになった」

アンナは焚き火を見つめたまま、息継ぎをした。

「私が王都に来てギルド職員になった後、過去の文献を色々と調べてたの。最初はただ単に冒険者時代のパパのことを知りたかったから。そして、調べているうちに、あの任務の記録に辿《たど》り着いた。火山でのワイバーン討伐任務。討伐自体は成功したものの、その際にエンシェントドラゴンを目覚めさせてしまった。そしてそのドラゴンは、ふもとにある村を丸ごと焼き尽くしてしまった」

「………」

「パパはその後、組んでいたパーティを解散して、冒険者を辞めた。任務の際、再起不能なほどの怪我《けが》を負ったわけでもないのに。重大なことのはずなのに、記録以外の記憶を持っている人はいなかった。だから当時、ギルドに務めていた受付嬢の人にあたって当時付けていた日記を読ませて貰《もら》ったんだけど。パパは任務から戻った時、なぜか三人の赤ん坊を連れ帰ってきたって。結婚もしていなかったのに。……ねえ、パパ」

アンナはそこでようやく、焚き火に向けていた目を、こちらに向けた。

「その三人の赤ん坊というのが私たちなんでしょう?」

パチッ、と。

焚き火の中の枝が爆《は》ぜる乾いた音が聞こえた。

濃い闇に包まれたこの場所で、彼女の言葉は輪郭がハッキリしていた。確信があるのだ

ろうと俺は思った。

アンナは真実に辿り着いていた。

俺が彼女たちの本当の父親ではないということに。そして、俺がエンシェントドラゴンの討伐に執念を燃やす本当の理由に。

「……ああ。そうだ」

これはもう、誤魔化しても無駄だろう。

観念した俺は、そう呟《つぶや》いた。

認めた瞬間、今まで胸の内側に溜《た》めていた澱《おり》が溶けていく気がした。

その時に改めて気づかされた。

俺はやっぱり、ずっと、罪悪感を抱いていたんだ。

「やっぱりそうだったのね。パパの口から直接聞けてよかった」と呟いたアンナはふっと相好を崩していた。

「……エルザやメリルはこのことを知ってるのか？」

「ううん。私しか知らない。二人には教えなかったわ。もしかすると、ショックを受けてしまうかもしれないから」

アンナは膝を抱えたまま、ぽつりと呟いた。

「パパはずっと、このことを自分の胸だけにしまっていたのね」

「……何度も打ち明けようと思ったんだ。でも、どうしてもできなかった。そのままずるずると今まで来てしまった」

負い目があった。

俺がエンシェントドラゴンを打ち倒すことができなかったせいで、娘たちの本当の両親を死なせてしまったという。

ある種、俺は彼女たちの親の仇《かたき》でもあるのだ。

「元々、周りの家と違ってうちには母親がいないことは分かってたけど、まさかパパとの血の繋がりがなかったなんて思いもしなかったから。知った時には驚いたわ。子供の頃に告げられていたらまだマシだったかもしれないけど」

アンナはそう言うと、やんわりとした口調で尋ねてきた。

「パパはどうして黙っていたの？」

「伝えたら、君たちが傷つくと思ったから」

と口にした後に力なく首を横に振った。

「……というのは、単なる都合の良い言い訳だ」

もちろん理由の一つではある。けれど、それが全てではない。娘たちのことだけを考えての決断ではなかった。

「……怖かったんだ。本当のことを告げるのが。本当のことを告げれば、俺たちが家族ではなくなってしまう気がして」

「パパ……」

「俺たちに血の繋がりがないことが分かれば、今までと同じ関係ではいられなくなるような気がしてならなかった。血の繋がりがなくなってしまえば、王都に送り出した後、二度と会えなくなるような気がしたんだ。……アンナ。俺のことを恨んでいるだろう？」

「……そうね」

　アンナはそう呟いたあと、しばらく黙り込んだ。

「……たぶん、本来なら、恨むべきなのかもしれない。パパは、私たちと本当の両親を引き離した張本人なんだから。だけど」

「だけど？」

「私は、パパのことを恨んではいないわ」

　アンナは言った。

「パパのことを恨むには、嫌いになるには、たくさんの愛情を貰いすぎたから。かけがえのない思い出を作りすぎたから。だから……恨むことも、嫌うこともできない。私はパパのことがやっぱり今もずっと好きだもの」

「アンナ……」

「今日、森でブラッドウルフが現れた時、パパたちが戦っている姿を、私は馬車の荷台でずっと見ていたわ。エルザの剣筋や立ち回り、パパにそっくりだった。剣を鞘《さや》に収める時のちょっとした仕草も。それにメリルが魔法を発動する時もそうよ。パパの無意識の癖がそのまま出てた」

アンナは言った。

「それを見てね、私、思ったの。私たちは血縁上は家族じゃないかもしれない。でも、私たちがパパから受け継いだものはたくさんある。血の繋がりとか、遺伝性とか、そんなのはほんの些末《さまつ》なこと。それよりも私たちが過ごしてきた時間が、楽しかった思い出が、私たちを本当の家族にしてくれるんだって。……きっと、エルザやメリルも、私と同じことを言うんじゃないかしら」

それに、と彼女は言った。

「パパがいてくれたからこそ、私たちは今、こうして生きることが出来ている。それは間違いないことだから」

「……ありがとう。アンナ」

気づけば、視界がぼやけていた。

……バカか。俺は。娘の言葉に救われるなんて。

けれど、彼女からの赦《ゆる》しの言葉は、俺の胸にずっとわだかまっていた罪悪感の澱を僅かながらにでも溶かしてくれた。

「……アンナのおかげで、決心がついたよ。この戦いが終わったら、エルザやメリルにも本当のことを話そうと思う」

「そのためにも、勝たないといけないわね」

「――ああ」

エンシェントドラゴンを倒し、過去の因縁を断ち切る。そして、俺たちは本当の家族として前に進み始めるのだ。

第四十二話

翌朝。

俺たちはドゥエゴ火山に向かって出発した。

昨日の夜、アンナと話した後、密《ひそ》かに心に決めた。

エルザとメリルにも本当のことを話そう。

だけど、それは今じゃない。

今、彼女たちに真実を告げたら、きっと動揺させてしまう。エンシェントドラゴンとの戦いに支障が出てしまうだろう。

だから――。

この戦いが終わって落ち着いた時、改めて話そう。

そのためにも勝って、無事に街に戻らなければ。

昼前にドゥエゴ火山へと到着した。

俺は冒険者時代、何度かこの場所に足を運んだことがあるが、今日は異様なほどの瘴気《しょうき》に満ち満ちていた。

――間違いない。奴《やつ》は必ずここにいる。

そう直感させるだけの何かがあった。

その時だった。

天を衝《つ》くような邪悪な咆哮《ほうこう》が響き渡った。

大気が震える。

「あっ！　パパ！　見て！」

アンナが指さした方角を見やる。

火口から、飛翔《ひしょう》する巨大な黒い影。

不気味に輝く黄金の瞳。分厚い緋《ひ》色《いろ》の鱗《うろこ》。威圧感を放つ巨大な体軀《たいく》。鋭い爪に、筋肉がぎしぎし詰まった尻尾。

忘れない。

忘れるはずがない。

俺の網膜に十八年間、焼き付いて離れなかった姿。

――エンシェントドラゴン。

火口から飛び立った奴は、こちらにまっすぐ飛んでくる。

地上に降り立つと、遥《はる》か高みから俺たちを見下ろしてきた。

「……俺たちの存在に気づいていたのか？」

『無論。ここは我の庭だ。お前たちのような力を持つ者が足を踏み入れれば、我はそれを感知することができる』

「この魔物……人語を解することができるのね」

そう――。

エンシェントドラゴンは高い知能を持つ魔物だ。

あの時もそうだった。

『……お前は、あの時の冒険者か』

「俺のことを覚えているのか？」

『我をあそこまで追い詰めた冒険者は、後にも先にもお前一人だ。……さしずめ、あの時の続きをしに来たというわけか』

「ああ。今日こそは仕留めさせてもらう」

『ふん。そう簡単にいくかな。――見たところ、お前は老いたようだ。もう冒険者としての最盛期はとうに過ぎただろう』

エンシェントドラゴンは不敵に笑った。

『我にとっては十数年など一瞬にすぎんが、人間にとってはそうではない。盛りを過ぎた身体《からだ》で我に勝てるとは思えないがな』

「俺一人だとそうかもしれない。だが……今の俺には家族がいる。かけがえのない大切な娘たちが。皆で力を合わせれば、お前にだって勝てる」

『面白い。ならば――我に力を示してみよ！』

エンシェントドラゴンは居丈高に叫ぶと、火炎を吐き出した。

娘たちの故郷の村を焼き滅ぼした恐ろしい業火。

それは俺たちを骨ごと焼き尽くそうとする。

だが――。

「ウォータースプラーッシュ！」

メリルの発動させた水属性の上級魔法が、火炎を食い止めた。圧縮された水の渦が火炎と相殺されて、一瞬にして霧へと変わった。

「むふふー。火炎を止めるくらい、ボクにとっては楽勝楽勝！　ねーパパー。ボクのことをいっぱい褒めてー」

「ああ。この戦いが終わったらな」

『ほう……。少しはできる魔法使いのようだな。だが――それなら、魔法を発動される前に仕留めてしまえば良いだけの話！』

エンシェントドラゴンは標的を変え、巨大な爪をメリルに振り下ろす。

「うひゃあ!?　来たぁ！」

「私に任せてください！」

メリルの前に立ちふさがったエルザが、剣でそれを受け止めた。

大気を裂き、風圧で草木をなぎ倒すような強烈な一撃――にも拘《かか》わらず、エルザは微動だにせず、完全に防ぎきっていた。

『むっ……！　我の攻撃を止めただと……？』

「父上の教えを受けて、今日までずっと鍛錬をしてきたのです！　大切な家族には指一本触れさせません！」

「パパ！　今がチャンスよ！　エンシェントドラゴンは高い魔法耐性があるけど、雷魔法なら攻撃が通りやすいわ！」

アンナが馬車からアドバイスを送ってくる。

彼女もきっと、今日のためにエンシェントドラゴンに関する文献を調べてきたのだろう。その上で弱点を導き出したのだ。

「メリル！　水魔法で援護してくれ！」

「りょーかい！　パパとの共同作業だー！」

俺とメリルは共に魔法攻撃を仕掛ける。

メリルが水弾を撃ち込んでエンシェントドラゴンの体躯を水浸しにすると、すかさず俺はそこに雷魔法――サンダーアローを撃ち込んだ。

次々と放たれる雷の矢が、エンシェントドラゴンを射貫《いぬ》いた。

『グアァァァァァァ!?』

よし！　効いている！

あの時俺一人では互角に持ち込むのが精いっぱいだった。

だが——。

家族全員で戦えばエンシェントドラゴン相手でも充分に勝機がある。

俺とエルザが前線に立ち、メリルが後衛から次々と魔法を撃ち込む。アンナは俺たちを観察して的確な指示を送ってくれる。

徐々に、だが確実にエンシェントドラゴンの体力を削っていく。

機敏だった奴の動きが次第に鈍り出し、俺たちが攻撃を喰《く》らわせる度、絶対の盾として機能していた分厚い鱗が剝がれ落ちていく。

『バカな……。こんなはずは……。我が人間風情に押されるなど……！』

「はあああっ！」

エルザの放った一撃が、奴の重心を崩した。

「チャーンス♪」

メリルが土魔法を発動させ、地中から勢いよく這《は》い出した茨が、エンシェントドラゴンの全身に絡みついて拘束した。

エンシェントドラゴンは振りほどこうともがくが、逃れられない。

「パパ！　エルザ！　メリル！　今よ！　あいつにトドメを刺しちゃって！」とアンナが

千載一遇の好機の到来を告げた。

それと共に、俺も、エルザも、メリルも同時に動き出していた。

あの日から十八年間。

一度たりともお前のことは忘れたことがなかった。

お前を倒し損ねたことによる後悔を、葛藤を、この胸に溜《た》め込んできた。

それを今——全力で解き放つ！

「これで終わりだ！」

「はあああああっ！」

「やあああああっ！」

俺たち家族の力を一斉に合わせた合体攻撃——。

全ての想《おも》いを込めた一撃は、数千年もの間、一度も貫かれたことのないエンシェントドラゴンの分厚い鱗をぶち破った。

『ガッ……!?』

手応えがあった。

エンシェントドラゴンは呻《うめ》き声《ごえ》を漏らすと、その巨体をぐらりと揺らした。白目を剝《む》きながら、山が崩れるように地面へと倒れ込む。

エンシェントドラゴンの喉元に剣先を突きつける。

「今度こそ、俺の……俺たちの勝ちだ」

……長かった。

この日をずっと待ちわびていた。

ようやく、過去の因縁を断ち切ることができた。

俺は万感の思いに駆られていた。

エンシェントドラゴンは、今にも光の消えそうな眼で娘たちを見やった。

『そこにいるお前の仲間たち……。彼女たちはもしかして、あの日、我が焼き尽くした村の生き残りか……?』

「ああ。そうだ」

『何ということだ……。我もまた、討ち損ねていたのか……』

「……どういうことだ?」

『……我が長年の眠りから覚めたのは、彼女たちが生まれたからだ。我は彼女たちを殺すためにあの村を襲撃した。それが役目だった』

「なっ――!?」

今まで俺は、自分がワイバーンと激しい戦闘を繰り広げたことで、奴を目覚めさせてしまったのだと思っていた。

けれど――。

「……彼女たちを殺すのが、お前の役目だったと?」

『そうだ』

エンシェントドラゴンは言った。

『彼女たちは本来——生まれてきてはいけない者たちだった』

何だって?

「おい! それはどういうことだ!?」

『いずれ、嫌でも知ることになるだろう。この世界に生き続ける限り。彼女たちに安寧が訪れることはないとな』

エンシェントドラゴンは不敵な笑みを浮かべると、巨大な体軀が激しく発光し始め、光の粒子となって宙に溶けていった。

いくら呼び掛けても無駄だった。

気づいた時、辺りにはもう何も残っていなかった。

呆然《ぼうぜん》とする俺の下に、娘たちが駆け寄ってくる。

「父上! 今、奴と何か話していたようでしたが」

「あいつ。何を言ってきたの?」

「ボクちゃんたちにも教えてよー」

「いや……」

悲願だったエンシェントドラゴンの討伐を成し遂げた。それによって、ようやく過去の因縁から解き放たれたと思っていた。

けれど、また新たなしこりが生まれてしまった。

エンシェントドラゴンが死に際に残した言葉……。

あれはいったいどういう意味なのだろうか？

第四十三話

エンシェントドラゴンを無事討伐し、王都へと帰還した。

エンシェントドラゴンの討伐は任務ではなかったので、討伐における報酬金や名誉の類は得ることができなかった。

俺としては何ら問題ない。

元々、金や名誉のために奴《やつ》を追い求めたわけじゃない。

俺は自分の胸の内にくすぶる後悔を断ち切りたかった。

それに——。

奴を討伐することによって、娘たちの故郷の村の人々が受けたような被害を未然に防ぐことができたと思えば。

しかし……。

死に際のエンシェントドラゴンの言葉。

『我は彼女たちを殺すためにあの村を襲撃した。それが役目だった。——彼女たちは本来生まれてきてはいけない者たちだった』

あの言葉が頭の中に煤《すす》のようにこびりついて離れない。

『いずれ、嫌でも知ることになるだろう。この世界に生き続ける限り。彼女たちに安寧が訪れることはないとな』

王都に帰還してから数日後の夜。

俺はエルザとメリルに真実を打ち明ける覚悟を決めた。

「エルザ。メリル。ちょっといいか」

自宅のリビング。

俺は二人を呼び、対面に座らせた。その様子を少し離れたところに立ったアンナが少し心配そうに見守っている。

「父上。何でしょうか」

「もしかしてボクに添い寝して欲しいとか？」

「二人とも、聞いてくれ」

俺は言った。

「今まで話していなかったことについて、ちゃんと話しておきたい」

「「…………？」」

俺の口調に、ただ事ではない雰囲気を感じ取ったのだろう。

二人は素直に席に着いた。

俺が口を開いて話し始めるのをじっと待っている。

「……二人も知っている通り、うちには母親がいない。それがなぜなのか、面と向かって聞かれたことはなかったな」

恐らく、娘たちなりに気を遣ったのだろう。

それに甘えて、俺もまた話してこなかった。

なあなあのまま、ここまで来てしまった。

「だから、今、話しておきたいんだ。本当のことを」

俺は二人の目をじっと見つめた。

エルザとメリルは突然のことに戸惑っているようだった。

恐らく、二人はこう思っていただろう。

なぜ今頃になって打ち明けるのか。

十八年間、ずっと伏せたままだったのに。

二人は覚悟を決めたような表情になると頷《うなず》いた。

「父上。話してください」

「ボクたち、ちゃんと聞くよ」

「……ああ」

俺もまた覚悟を決めると、ゆっくりと話し始めた。

俺と娘たちの血は繋《つな》がっていないこと。

若い頃、俺が任務に赴き、エンシェントドラゴンを討ち逃したことで、娘たちの故郷の村が全て焼き払われてしまったこと。

家屋が焼け、灰と死だけになった大地で、三人の赤ん坊を拾ったこと。そして、唯一の生き残りである彼女たちを育てると決めたこと。

その赤ん坊たちが今の娘たちであること。

全て包み隠すことなく、洗いざらい話した。

「今までずっと、黙っていてすまなかった」

俺は二人に向かって頭を下げた。

二人は呆然とした表情をしていた。

無理もない。

突然こんなことを告げられて、すっと飲み込めるわけがない。

「アンナはこのことを知っていたのですか？」とエルザが尋ねた。

「ええ。でも、あなたたちを混乱させてはいけないと思ったから。ずっと黙ってた。パパが自分の口から話す時を待とうって」

「……アンナは、大人なのですね」

エルザはそう呟《つぶや》いてしばらくした後、言った。

「父上がこのことを伏せていたのは……私たちのことを想ってでしょう？　打ち明ければ

私たちが動揺してしまうから」

「そうだ。けれど、それだけじゃない」

俺は正直に話した。

「……俺自身、真実を口にするのが怖かった。本当の親子じゃないことが分かれば、皆の心が離れていくかもしれない。今までは家族だった関係が、真実を知ることで、家族ではなくなってしまうかもしれない。それが怖かった」

「では……なぜ、今になって？」

「皆と過ごす中で、俺は思ったんだ。たとえ血の繋がりがなかったとしても、俺たちが家族でいることはできるはずだって。俺は皆のことが大好きだ。エルザもアンナもメリルも俺にとってかけがえのない自慢の娘たちだ。世界で一番、他の誰よりも愛していると心の底から言いきることができる。君たちを守るためなら、自分の命も惜しくない。この世界の全員を敵に回したとしても構わない」

最初は贖罪《しょくざい》のつもりもあったかもしれない。

エンシェントドラゴンから村を守ることができなかったから、せめて生き残ったこの子たちだけは立派に育ててみせようと。

けれど、長く時間をいっしょにするうちに情が湧いてきた。

愛《いと》おしさを覚えるようになった。

今では彼女たちのことを、本当の娘以上の存在に思っている。自分の命に代えても幸せにしてやりたいと心から思っている。

「俺たちには血の繋がりはない。だけど、そんなものがなくたって、家族でいることはできると思ったんだ。俺たちならきっと、血の繋がった家族に負けないくらい、いや、それ以上の家族になれるんじゃないかって。……なりたいって、そう思ったんだ。だから、君たちに本当のことを打ち明けることを選んだ」

俺は娘たちの目を見つめながら言った。

「どうか。今まで黙っていたことを謝らせて欲しい。すまなかった」

「父上。話してくれてありがとうございます。ずっと……その想《おも》いをずっと抱えて生きるのは辛《つら》かったでしょう」

エルザは労《いた》わるような表情をしていた。

怒るでも、悲しむでもなく。

俺に対する慈しみと——愛情に満ちていた。

「私と父上は血の繋がりがないのかもしれません。けれど、私は剣を通して父上に多くのことを教わりました。それは私の中に間違いなく生きています。私は父上の娘になることができて本当に幸せだったと思っています」

「エルザ……」

「ボクちゃんもエルザと同じ気持ちだよ。パパがパパじゃなかったら、毎日、こんなふうに楽しくなかったはずだもん」

「メリル……」

「それにパパが本当のパパじゃないって分かって、ボクちゃんは嬉《うれ》しかったよ。それなら結婚できちゃうしね」

メリルは冗談めかしたように笑った。

「父上」

とエルザは言った。

「私たちは紛れもなく、父上の娘です。たとえ血の繋がりがなかったとしても。私たちはこれまでも、そして、これからもずっと家族です」

エルザの言葉に、メリルもアンナも微笑《ほほえ》みながら頷いた。

「……ありがとう。皆」

俺はそれを聞いて、気づくと、目頭を押さえていた。

「あ。パパ。泣いてるー」

「ふふ。パパが私たちの前で泣くのなんて初めてね」

「そういうアンナも、泣いているじゃありませんか」

「エルザ。あなたもじゃないの」

「えへへ。皆、泣いちゃってるじゃん」

とメリルが楽しそうに笑った。

俺たちは皆、揃《そろ》いも揃って、涙ぐんでいた。

それは、悲しいからじゃない。

エンシェントドラゴンは、言っていた。

――彼女たちは本来生まれてきてはいけない者たちだったと。

そんなはずはない。

俺は娘たちが生まれてきてくれて良かったと、心からそう言える。

彼女たちが何者か、なんてこともどうだっていい。

エルザは、アンナは、そしてメリルは俺の愛する大切な娘たちだ。

それでいい。

この先、彼女たちにどんな困難が降りかかってきたとしても、俺は父親として彼女たちを守ってみせる。

親バカだと笑われても構わない。

娘たちは俺が命に代えても幸せにする。絶対に。

そう心に強く誓った。

番外編　エルザの休日

朝。

出勤する時間になっても、エルザは自宅にいた。背筋を真っ直《まっす》ぐに伸ばし、リビングのテーブルの前の椅子に座っている。

俺は気になって声を掛けた。

「エルザ。そろそろ出ないと間に合わないんじゃないか？　騎士団長が遅刻となると、他の者に示しが付かないだろう」

「それが……今日は休暇を頂いたんです」

「休暇？」

「はい。女王陛下に呼び出されて、『最近のあなたは少し働きすぎだから、一日ゆっくりと身体《からだ》を休めなさい』と言われました」

「そうだったのか」

「私はこのくらいは何でもないですと言ったのですが……。身体を休めるのも騎士の仕事のうちだと諭されてしまいました」

エルザは頑張り屋だからな。

放っておいたら、いくらでも根を詰めてしまう。女王陛下はエルザのことをよく分かってくださっている。

「なので、今日は取りあえず鍛錬でもしようかと思うのですが」

「いやいや。女王陛下も仰《おつしや》ったんだろう？　身体を休めるのも騎士の仕事だってさ。鍛錬をしたら休暇の意味がない」

「うっ……。しかし、急に休みを頂いても何をしていいのか分からなくて……。私には剣や鍛錬しかありませんから」

「なら、俺とどこかに出かけるか」

「――えっ？」

「ちょうど、俺も今日は時間が空いているからな。エルザさえ良ければ、いっしょに街にでも繰り出さないか」

「ち、父上と二人きりでですか……！」

「年頃の娘が、父親と二人というのはさすがに恥ずかしいか？」

「い、いえっ！　そのようなことは！　ぜひ、ごいっしょさせてください！」

エルザは身を乗り出して喰《く》い気味に言った。

どうやら敬遠されているわけではないらしい。

良かった。

年頃の娘が父親を毛嫌いするのは珍しいことではないとはいえ、愛する娘に露骨に敬遠されるとさすがに応えるからな。

「そうか。それは良かった。――せっかくだし、この前、アンナやメリルと出かけた時に買った服を着るのはどうだ？」

「あ、あの服ですか？」とエルザは狼狽《ろうばい》した表情を浮かべていた。「しかし、あの服は私にはふさわしくない気がして……」

「よく似合っていたと思うぞ？　それにこういう時に着ないと、機会がないだろう。普段は騎士団の鎧《よろい》姿なんだから」

「父上が私の服装を似合っていると褒めてくださった……」

エルザの頰に淡い朱が差した。

「――す、すぐに着替えてきます！」

そう言い残すと、彼女は自分の部屋に引っ込んでいった。

しばらくして、戻ってくると、以前買った可愛《かわい》らしい服に身を包んでいた。

「うん。やっぱり、エルザによく似合ってる」

「そ、そうでしょうか……？」

「父親としての贔屓目《ひいきめ》を抜きにしても、バッチリだ」

ちなみに父親としての贔屓目を入れるとこの世で一番だった。

完全に親バカだった。

しかし、エルザにいつか彼氏ができたとするのなら、今みたいな服装で恋人とデートに行ったりするんだろうか。

——その光景を想像すると、複雑な気分になった。……いや、ダメだな。いい加減、子離れをちゃんとしなければ。

俺たちは家を出ると、街へと繰り出した。

「その服装でも、剣だけは外せないんだな」

「有事の際、すぐに対処できなければなりませんから」

街を歩いていると、様々な人たちに声を掛けられた。

俺に対してではなく——エルザに対してだ。

大衆食堂の前で掃き掃除をしていた夫婦がエルザを見ると。

「あ！　エルザ騎士団長じゃないですか！」

「この前はうちの店で起こった喧嘩《けんか》の仲裁をして頂いてありがとうございます！　おかげで助かっちゃいました！」

「いえ。騎士として当然のことをしたまでです」

どうやら、店内の客同士の諍《いさか》いを止めに入ったらしい。

しばらく歩くと、今度は主婦らしき人が声を掛けてきた。

「エルザさん。この前は屋根の修繕を手伝ってくださってありがとうございます。あれから雨漏りもなくなりました！」

この女性の家の屋根の修繕を手伝ったらしい。

そんなことまでしていたのか。

そして今度はおばあさんがエルザに声を掛けてきた。

「エルザちゃん。ごめんなさいねえ。この前は買い出しを頼んじゃって。あの日は一段と足の調子が悪くてねえ……」

「いえ。お気になさらないでください。また仰って頂ければいつでも行きますよ。街の方のお役に立つのが私たちの仕事です」

「うふふ。なら、今度は特製のおはぎを用意して待っているからね」

「はい。楽しみにしています」

足の悪いおばあさんの代わりに、エルザが買い出しに行ったのか。

「しかし、随分な人気じゃないか」

「そうでしょうか？」

「ああ。皆、エルザを見つけると嬉《うれ》しそうな顔をしていたからな。エルザが街の人たちに愛されている証拠だ」

と俺は言った。

「仕事、頑張ってるんだな。凄《すご》いじゃないか」

「私はただ、騎士として街の人たちのお役に立ちたいだけで……。別段、何も凄いことはしていませんよ」

　とエルザは謙遜した。

「そんなことはない。エルザ騎士団長のおかげでこの王都は変わったよ」

　すると、俺たちの話を聞いていた老人が話しかけてきた。

「以前までの騎士団は、貴族や王族にばかり目を向けて、私たち庶民のことなんて歯牙にも掛けていなかった。問題が起きても、自分たちで何とかしろの一点張りだ。そのせいで治安も悪かった。だが、エルザさんが騎士団長になってからは、庶民にもちゃんと対応してくれるようになった。騎士団全体が生まれ変わったんだ。その結果、王都の治安も劇的に良くなったんだよ」

「へえ。そうだったんですか……」と俺は呟《つぶや》いた。

　エルザが王都に行ってからも、近況報告の手紙は受け取っていた。

　しかし、そのようなことは書いていなかった。エルザは謙虚な性格だから、自分の功績をひけらかすのを避けたのかもしれない。

「私たち騎士団は王都を守るために存在しています。であれば、王都に住む皆さんのことを守るのも当然のことです。前任の騎士団長はそうは思っていなかったようですが……私が騎士団長になってからは、その思想を刷新しようと思ったんです。もちろん、体制改革の反発は凄かったですけど……。必要なことですから」

組織の体制を変えようと思うと、当然、内部から激しい反発がある。

人は変化を怖がるものだから。

波風を起こしたくないなら、そのまま知らないフリをしておいた方がいい。何もしなければ、自身は裕福な生活を送れるのだから。

しかし、エルザは反発を買うことが分かっていても、改革に乗り出した。それはとても勇気がいることだっただろう。

「あなたが騎士団長でいてくれるおかげで、我々は平和に暮らすことができている。本当にありがとう」

と老人はエルザの手を握って感謝の言葉を口にしていた。

「いえ。そんな……」

照れくさそうにしながらも、エルザの表情は緩んでいた。

「エルザ。何か欲しいものはあるか？」

老人が去ってから、俺は口を開いた。

「えっ？」

「仕事、頑張ってるみたいだからな。たまにはご褒美があってもいいだろう。何でも好きなものを買ってやるよ」

「しかし……」

「まあ、そう遠慮するな。俺としても嬉しかったんだよ。自分の娘が世のため人のために頑張ってることが分かったから」

俺が言うと、エルザは呑《の》むことにしたようだ。

「では、父上のお言葉に甘えさせて貰《もら》うことにします」

と口にした。

「ああ。何でも買ってやるぞ。欲しいのは服か？　バッグか？　そういえば最近、表通りに人気のスイーツ店ができたとか」

「そうですね。じゃあ……」

☆

「……エルザ。本当にこれで良かったのか？」

「はい！　とても心躍ります！」

俺たちがやってきたのは武器屋だった。

俺がエルザに何でも欲しいものを買ってやると提案し、それならばと彼女が俺を連れてきたのがこの店だった。

彼女は俺に籠手《こて》を買って欲しいと言ってきた。

「ちょうど、籠手が古くなっていたのです」

……てっきり、服やらスイーツやらかと思っていたが。

まさかの選択肢だった。

いや、エルザに限ってはむしろらしいと言えるか。

「それでその……もし良かったらなのですが」

とエルザは恥ずかしそうに言った。

「父上も良ければこの同じものを買いませんか？」

「えっ？　俺も？」

「はい。こういうのをペアルックというのだと聞きました。仲のいい二人がお揃《そろ》いのものを身につけるのが流行《はや》りだと」

たぶん、それは服とかアクセサリーとかの話だと思うが……。

籠手のペアルックなど聞いたことがない。

だが、他ならぬ可愛《かわい》い娘の頼みだ。

「そうか。なら、俺もエルザと同じ籠手を買うとするか」

「本当ですか!?」

「ああ。お揃いだと思うと、愛着も湧くだろうしな」

俺は自分の分も含めた二人分の籠手を購入した。

エルザに包装された籠手を渡すと、彼女はそれを嬉しそうに受け取った。まるで宝物を扱うかのようにぎゅっと抱きしめる。

「父上。ありがとうございます……！　これで明日からも頑張れそうです」

「何にせよ、喜んで貰えて良かったよ」

「お揃いの籠手を身につけると、常に父上が傍《そば》にいてくれる気がして心強いです。私、誰にも負ける気がしません……！」

この子は休みの日もずっと、剣のことを考えている。

それは強くなりたいという気持ちからなのだろうが、その根底にあるのは、自分の剣で大切な人たちを守りたいという志だ。

エルザの感性は、同じくらいの年頃の子たちのものとはズレている。

だけど、それでいいと思う。

彼女が決めた生き方であるのなら、俺はそれを見守るだけだ。

あとがき

初めまして。あるいはお久しぶりです。友橋《ともばし》かめつです。

この作品は『最強の娘たちと最強の父親』の物語でした。

娘って良いですよね……。

どんなに心身共に疲れていても、可愛《かわい》い娘が『パパ！　お仕事頑張ってね！』と満面の笑みで送り出してくれたら、『娘のためにも頑張ろう……！』ってなると思います。娘の笑顔が何よりも励みになりますからね。

それに娘の結婚式の時、僕はもう泣く準備ができています。

デレデレの顔で初孫を抱く準備も。

ただ、僕には娘はおらず、そもそも妻になってくれる人もおらず、薄暗い牢獄《ろうごく》のような部屋の中で、毎日死んだ魚のような目をしながらキーボードを打ち続ける日々です。何だこれ控えめに言って地獄か？

どこの川に洗濯に行けば、可愛い娘がどんぶらこと流れてくるのか、分かる方はお便りを送って頂けると幸いです。

以下、謝辞です。

担当のHさん、今回も拾って頂いてありがとうございました！　もう本当に滅茶苦茶《めちゃくちゃ》お世話になっております。足を向けて寝られませんな。

希望《のぞみ》つばめ先生。素晴らしいイラストをありがとうございます！　別作品のイラストを担当されていた時からのファンだったので、自作のイラストを担当して頂けると聞いた時は大変嬉《うれ》しかったです！　何なら今も嬉しいです。

また本作の出版に携わってくださった皆様にも多大な感謝を！

そして何より読者の方々に最大限のお礼を。

少しでも楽しんで頂ければこれに勝る喜びはありません。

二巻、出せればいいなあ。

それではまた！

OVERLAP

Sランク冒険者である俺の娘たちは重度のファザコンでした 1

発　　行　2020年6月25日　初版第一刷発行

著　　者　友橋かめつ
発 行 者　永田勝治
発 行 所　株式会社オーバーラップ
〒141-0031　東京都品川区西五反田 7-9-5
校正・DTP　株式会社鷗来堂
印刷・製本　大日本印刷株式会社

Printed in Japan ISBN 978-4-86554-659-0 C0193

作品のご感想、ファンレターをお待ちしています

あて先：〒141-0031　東京都品川区西五反田 7-9-5 SGテラス5階　オーバーラップ文庫編集部
「友橋かめつ」先生係／「希望つばめ」先生係

PC、スマホからWEBアンケートに答えてゲット!

★この書籍で使用しているイラストの『無料壁紙』
★さらに図書カード（1000円分）を毎月10名に抽選でプレゼント!

▶https://over-lap.co.jp/865546590
二次元バーコードまたはURLより本書へのアンケートにご協力ください。
オーバーラップ文庫公式HPのトップページからもアクセスいただけます。
※スマートフォンとPCからのアクセスにのみ対応しております。
※サイトへのアクセスや登録時に発生する通信費等はご負担ください。
※中学生以下の方は保護者の方の了承を得てから回答してください。

オーバーラップ文庫公式HP ▶ https://over-lap.co.jp/lnv/

Sランク冒険者である俺の娘たちは
重度のファザコンでした 1
漫画 しゅにち 原作 友橋かめつ 原作イラスト 希望つばめ
COMIC GARDO
コミックガルドにて好評連載中！
https://comic-gardo.com/